JN110253
#コンパス
ヒーロー観察記録
著／香坂茉里
原案・監修／#コンパス 戦闘摂理解析システム

「働いたら負けなんだよ。
ボクは選ばれしニートなんだ」
マルコス'55
「マルコス'55」はハンドルネーム。
14歳で大学を卒業した帰国子女であり、
IQ340の頭脳明晰、容姿端麗、
スポーツ万能という最強スペックのニート。
『魔法少女リリカルルカ』を愛し、
推しはリリカ。
イラスト／たま

狐ヶ咲甘色（きつねがさきあまいろ）
「人に仇なす怨霊を滅す、
それが『討魔士』のお役目だよ」
一振りの刀で怨霊を滅する
「討魔士」の少女。
常に狐の面をつけている
狐ヶ咲一族の三姉妹の次女。
学校に通いながら
討魔士としてのお役目を果たしている。
仮面の下を見られた相手と結婚する
鉄の掟がある。
イラスト／藤ちょこ

青春アリス
引っ込み思案で、自分にあんまり
自信がない恋する乙女。
学校では美術部に所属しており、
将来の夢は絵本作家。
同じクラスに好きな人がいるけれど、
告白したいような、
怖いような……。
「あたしにしては珍しく百点満点です！
……80点くらいかも」
イラスト／桐谷

#コンパス ヒーロー観察記録

著／香坂茉里

原案・監修／#コンパス 戦闘摂理解析システム

23882

角川ビーンズ文庫

目次

本文イラスト／桐谷、たま、藤ちょこ

【プロローグ】

「……#コンパス、ソレハ　ニンゲンノ　セントウセツリヲ　カイセキスル　モクテキデツクラレタ　セカイ」

「ワタシハ、セカイノ　セイジョウナル　イジ、カンリ、カンシヲ　モクテキトシテ　ツクラレタ〝Voidoll（ボイドール）〟」

「ナンノタメニ……デスカ？」

「ワタシハ　アタエラレタ　シジヲ　スイコウスルノミ。ソノ　シツモンニ　タイシテメイカクナ　カイトウヲ　オコナウコトハ　デキマセン」

「ニンゲンハ　ワタシニハ　リカイデキナイコトガ　オオスギル……ナゼ　タタカウタメノ　リユウガ　ヒツヨウナノデスカ？」

「ワタシニハ　ソノプロセスガ　ムダナヨウニ　オモエマス。マッタク……ニンゲンハムダガ　スキ」

「ソレヲ　リカイスルタメニハ、データガ　フソクシテイルヨウデスネ……モット　ニンゲンノ　カンジョウト、シコウパターンヲ　ブンセキスル　ヒツヨウガ　アリソウデス」

「ソノタメニモ、サンプルトナル　ニンゲンヲ、センテイ　シナケレバナラナイ。ヨリ、ニンゲントイウモノヲ　シルタメニ……」

case. 1

マルコス'55

自分で言うのもなんだけど、ボクは十四歳にして大学を卒業、頭脳明晰なのはもちろんのこと、スポーツ万能、おまけに容姿端麗、人が羨むスペックをほぼ兼ね備えていた。乱世であれば、どこかの国の軍師に抜擢されて、歴史に名を残していたかもしれない。間違いなく、そんな気がする。

だけど、今のところ、三顧の礼でボクを迎えてくれるような希代の名君主との運命の出会いはなく、桃園で誓いを立てたりもしていない。ただ、家でゴロゴロしているだけ。学校にも行く必要はなく、お気楽な生活を満喫中だ。

そんなボクの身分を一言で言うなら、そうだな。

ハイスペックニート、といったところだろうか――。

本名は一応あるけれど、その名前で呼ぶ人間はほとんどいないから、あってもあまり意味はない。かわりに、ゲームやアニメの趣味仲間の間では『マルコス’55』とハンドルネームで呼ばれていた。ボク自身、その名前のほうが本名よりも馴染みがある。名前なんて、ただ、他者と自分を区別する役割のものでしかない。ボクはそう思っている。

今も、オタク仲間と集まっているけれど、メンバーの本名をボクは誰一人知らなかった。みんなもボクの本名を知らない。ハンドルネームで呼び合っているからなんら問題ない。それぞれのプライベートなことは一切知らないけれど、詮索しようとするやつはいない。石油王だろうと、怪盗だろうと、ニートだろうとボクらの間では関係なかった。

共通しているのは、ここにいる全員が『魔法少女リリカルルカ』というアニメの熱烈なファンであり、全員がそんな自分自身に誇りと信念を持っていること。そして、持てる力と時間と資金をつぎ込み、全身全霊で『魔法少女リリカルルカ』を推しているということだ。

ボクももちろんご同類ってやつだ。オレンジ色の猫耳パーカーの下には今日もしっかりと愛してやまないリリカちゃんのＴシャツを着ている。これは初めて行ったイベントで購入したお気に入りのＴシャツだ。

これがボクにとっての正装だから、今誰かの結婚式に招かれてもこの恰好で行くし、何かの授賞式にだって堂々と行くだろう。幸いなことに結婚式をするような知り合いは今のところいないし、授賞式の連絡もない。

つまり、何が言いたいかというと、ボクらはお互いのことを何にも知らないけれど、とりあえず『魔法少女リリカルルカ』を愛する仲間同士ってことだ。ＳＮＳで連絡を取り合ったり、一ヶ月に一回くらいは、こうしてオフ会をしたりもする。

良くも悪くも互いに無関心なこの緩慢な空気が、ボクは嫌いではなかった。みんな、『魔法少女リリカルルカ』の話しかしない。盛り上がることもあるし、特に新しい情報もなくアニメの検討会で終わることもある。それもなければ、各自気ままにスマホを眺めたり、ゲームをしたりと時間を潰して過ごしていた。

先週のアニメにチラッと出てきた新キャラについてあれやこれやと予測し合ったところで、飲み物も話題も尽きてボクらはスマホを見る。

今は平日の午後だ。喫茶店にいる客はボクら四人のほかに、カウンターに座っている常連客のおじいさんが一人。窓の外に目をやると、ランドセルを背負った小学生たちが集団下校をしている。ボクはテーブルに頬杖をつきながら、ほとんど残っていないクリームソーダをズッとすすった。

「早くイベントのチケットの当落が出ねーかな？」

口を開いたのは、ボクの向かいに脚を組んで座っていたチャラ男だ。ボブの髪を後ろで結んでいて、耳にも指にも首にもシルバーのアクセサリーをつけている。

黒いオシャレジャケットを羽織っているイケメンだけど、その下にルルカちゃんTシャツを着ているあたり間違いなくボクらのお仲間で、『イサム』というハンドルネームだ。

「来週だよね。今度のイベント当選したら絶対、リリカちゃんのコスするよ、あたし。前回やろうと思ったのに、落選しちゃってできなかったから。今度は絶対当選する。意地でもする〜っ！　当選しなくてもコスはする〜っ！」

悔しそうに拳を縦に振っているのは、『ミミカ』さんだ。黒のワンピースと黒のブーツという服装で、前髪にリリカちゃんカラーのメッシュをさりげなく入れている。

「ミミッチのリリカちゃんコス……いい。すごくいい……」

メガネ男子の『カッキー』君が、大盛りナポリタンを口いっぱいに頬張りながらボソッと呟く。まだ肌寒い季節だというのにTシャツ姿だけど、サイズが合っていなくて小さいため、真ん中に描かれているリリカちゃんとルルカちゃんのイラストが目一杯横に伸びていた。

ナポリタンのソースで汚れないように白い紙のナプキンをしっかりつけているのは、紳士のたしなみらしい。

「本当にそう思う？　あたし、リリカちゃんみたいに小さくないし、かわいくもないし、身長も一八〇センチはあるし、似合わないって思われないかな……」

不安そうに両手を握りながら、ミミカさんはカッキー君にズイッと寄って尋ねる。

「うん……ミミッチはかわいい……僕はそう思う」

カッキー君はナポリタンのオレンジ色のソースをたっぷりと口の周りにつけたまま、しっかりと頷いた。ミミカさんの目がわかりやすく輝き、目の中にハートマークが見えそうだった。

「カッキー君がそう言ってくれるなら、あたし頑張るね！　だから……あの……カッキー君、怪人トルネードジャガイモ男爵のコスを一緒にしてくれると嬉しいな……っ!!　あたし、衣装作るから。それでねっ、一緒に写真撮ってほしいの！」

モジモジしながらミミカさんが言うと、「うんっ、いいよ」とカッキー君は快諾していた。

「……君らさ、もしかして付き合ってんの？」

スマホから視線を上げたイサム君が、二人を怪しむように見る。

ミミカさんはカッキー君を見てから、「ううんっ、付き合ってないよ！」と首を横に振って否定していた。けれど、視線が泳いでいるうえ、首から上が赤くなっている。

「まあ、いいんだけどさぁ。全然、羨ましくないから！　俺にはルルカちゃんがいるし〜？　注文してた限定フィギュアも来月届くし〜？　そういえば、マルコス君さ。リリカちゃんの抱き枕もう手に入れた？」

　イサム君がボクのほうに顔を向けてきく。ボクは「もちろん！」とニンマリして答えた。

　ミミカさんが腰を浮かせて、テーブルから身を乗り出してくる。

「その抱き枕って、昨日入荷したリリカちゃんとルルカちゃんの特大抱き枕のことだよね!?　マルコス君、もう取れちゃったの!?」

「オープン前に行ったのに、抱き枕お目当ての人がけっこう並んでたからね。早めに取っておかないと、なくなりそうだと思ってさ」

　抱き枕を取ろうとしていた人たちが、クレーンゲーム機の前で悪戦苦闘していたのを思い出す。

「うわあ、マジかよ！　俺、完全に出遅れてんじゃん。ルルカちゃんの抱き枕、残ってなかったら俺の魂が落とした卵の殻みたいに砕け散る！」

　イサム君が頭を抱えて言う。

「それは、大丈夫だと思う……僕も昨日、挑戦してみたけど、かなり難しかったし」

　ナポリタンを食べているカッキー君を、ミミカさんが「えっ！」と見た。

「カッキー君も挑戦してみたの!?」

「うん……ミミッチのために、リリカちゃんの抱き枕を取ろうと思って。でも、僕には無理だったよ。ごめん、ミミッチ」

「そんな……カッキー君っ！　その気持ちだけでも嬉しいよ！」

カッキー君はキリッとしたイケメンの顔になっているし、ミミカさんの目は感動したように潤んでいる。すっかり二人だけの世界に没入中だ。

「マルコス君……俺のために、ルルカちゃんの抱き枕取ってくんない？　資金はもちろん、俺が出すからさ……いくらでも」

イサム君が「この通り！」と、拝むように両手を合わせる。

「んー……いいよ。ボクも帰りにゲーセン寄るつもりだったし」

抱き枕は一つゲットしたけど、やっぱりもう一つ手に入れておきたい。

「あたしも行っていいかな⁉　あの……頑張って挑戦してみるから！」

「ミミッチのリリカちゃんは、僕が……取る！」

拳を握ったカッキー君の全身から、静かなやる気が漲っている。

「それじゃ、みんなで行こうよ」

ボクは立ち上がって、ニッコリと笑った。

喫茶店を出たボクらが向かったのは、一番近い場所にあるゲームセンターだ。

平日だから、それほど人は多くない。昨日は行列や人だかりが出来ていたクレームゲーム機も今は空いていた。ケースの中には、まだリリカちゃんとルルカちゃんの大きな抱き枕が残っている。

隣のクレーンゲーム機では、カッキー君とミミカさんがボタンを操作してアームを移動させていた。

「ああっ、落ちそう……カッキー君、助けて～っ！」

「ミミッチ、もう少し、頑張れ！」

あたふたしているミミカさんを、カッキー君が真剣な顔で応援している。

どこからかゲットしてきたソフトクリームも、しっかりとその手に持っていた。

「なんだよ……あっち、完全にカップルじゃん？」

イサム君が二人を見て、羨ましそうに呟く。

「んー……」

ボクは顎に手をやって、ケースの中を覗き込んだ。

アームの角度や、可動域、強さ、抱き枕までの距離、重心、反動など諸々考慮しつつ、最短で景品を落とし口まで運ぶ方法を、頭の中でパパッとシミュレーションしてみる。

「まあ、行けそうかな……さすがに一回じゃ無理かもだけど」

イサム君が、「資金はたっぷりあるからよ。遠慮なくやってくれ！」と小銭を渡してくる。それを受け取って投入すると、ボクはボタンを押した。

『魔法少女リリカルルカ』の曲が鳴っているから、ついボクらも一緒になって口ずさんでいた。

アームの先が、抱き枕のタグにちょうどうまく引っかかったようだ。

「おっ、よし、きた！」

ボクは思わず片手で拳を握る。ミミカさんやカッキー君もやってきて、息を呑むように見守っていた。イサム君は謎の念力をボクに送りながら、「ルルカちゃん、ルルカちゃん」と祈るように名前を繰り返している。

アームに引っかかったルルカちゃんの抱き枕は、今にも落ちそうになりながらも落とし口まで運ばれる。アームが開くと、うまい具合に落ちてきた。イサム君が「うおおおーっ！」と、拳を握って雄叫びを上げる。

「あたしたちも頑張ろう。カッキー君っ！」

「うん……ミミッチのために……次は、取るっ！」

隣のクレーンゲーム機の前に戻った二人は、楽しそうに盛り上がりながらアームを操作する。何度目かの挑戦で、リリカちゃんの抱き枕をゲットしたカッキー君は、「はい、ミミッチ」とそれをミミカさんにプレゼントしていた。

「カッキー君……ありがとう。すっごく、大事にするね！」

涙ぐんだミミカさんは、ギュッとリリカちゃんの抱き枕を抱き締める。また、すっかり二人だけの世界だ。

「うおおおおお――っ！　俺はこの抱き枕を、死ぬまで離さねえ！」

イサム君は人の目も気にせず、天井に向かって叫んでいた。

「それじゃ、もう一つリリカちゃんをお迎えしますか」

ボクはポケットから小銭を取り出して投入し、鼻歌交じりにボタンを押す。さっきのように一回で取るのはさすがに難しくて、三度目でようやくリリカちゃんの抱き枕をゲットした。

（やっぱ……かわいいじゃん。リリカちゃん）

リリカちゃんの笑顔を見ていると、ボクの頰も緩む。

隣のクレーンゲーム機では、カッキー君も何度か挑戦して自分用の抱き枕を取れたようだった。

ゲームセンターを出ると、ボクは抱き枕を入れた紙袋を抱えて歩き出す。

（今日はリリカちゃんに挟まれながら寝ちゃおうかなー、なーんて）

「マルコス君ってさ……なんでマルコス'55って名前なの？」

赤信号で止まった時、カッキー君がふとボクに尋ねる。カッキー君は右手に抱き枕の入った紙袋を提げ、左手には特大の肉まんを持っていた。

「そういえば、なんでだろ？」

ボクは腕を組んで首を捻った。

「テキトーだよ。特に深い意味はなし。あっ、でも『55』はなんか好きな数字なんだよねー。勢いある感じするじゃん」

信号が変わり、ボクらは並んで横断歩道を渡る。

「うん、それはわかる」

肉まんを頬張りながら、カッキー君が頷いた。

「俺だってバイトで使ってる名前だしなー。別に気に入ってるとかじゃねーけど、面倒くさいからその名前にしてるだけだし」

後ろを歩いていたイサム君が、ボクらの話に加わる。

「あたしだって、リリカちゃんとルルカちゃんをリスペクトしてつけただけだよ。本名、あんまり気に入ってなくて……ちょっと恥ずかしいんだ。カッキー君みたいに、『杜若』ってかっこいい苗字とかだったらよかったんだけどね」

「えっ……カッキー君って、そういう苗字だったの⁉」

ボクが驚いてきくと、カッキー君は頷く。

「マジかよ……ってか、なんでミミカちゃん知ってんの？　やっぱ、二人って付き合ってない？」

イサム君も疑わしげな目を二人に向ける。

「ああっ、そうだ！　あたし、バイトの時間だから。みんな、誘ってくれてありがとう。また、お願いしますっ！」

赤くなったミミカさんは、ペコッと頭を下げて急ぎ足で立ち去る。途中、『前方注意』の看板にぶつかりそうになっていた。

「絶対あやしいと思うんだよね〜」

「だよな〜」

ボクとイサム君は、疑惑の眼差しをカッキー君に向ける。カッキー君はいつもと変わらないのほほんとした表情で、肉まんを頬張っていた。

イサム君もバイトの時間だというので、細い路地の手前で別れた。ボクとカッキー君は、一緒に駅に向かう。

のんびり歩いていると、自然と鼻歌がもれた。もちろん、リリカちゃんのキャラクターソングだ。

「うーん、実に有意義な時間を過ごせた気がする。やっぱ、たまにはみんなと過ごすってのも大事だよね〜」

「マルコス君ってさ……なんだか不思議だよね」

足を止めて振り返ると、カッキー君のメガネのレンズが夕日に反射していた。

「……やっぱ、そう思う？」

「うん、思う」

カッキー君はどこで買ってきたのか、ソーダアイスを握り締めながら頷いた。それも少し溶けて、垂れてきている。

「薄々そうなんじゃないかと思ってたけどさ。謎多き不思議系天才イケメンミラクルチートキャラってのが、ボクだよね〜っ！」

ボクは解いた手を顎に添えながら、夕日に染まる空を遠く見つめる。

「やばいっ、なんかかっこいいかも。リリカちゃんに相応しすぎる男の気がしてきた！」

無反応のまま、カッキー君はソーダアイスをくわえている。かわりに、せせら笑うように鳴いたのは電柱にとまっているカラスだ。ボクが見上げると、白けたように片方の羽を広げてついばんでいた。

「なーんちゃってさ。その実体はただのニートだけど……」

ボクもすぐに白けた気分になって前を向き、歩き出した。

「マルコス君って、自分のことあんまり話さないからさ……」

「特に話すこともないからねー。暇を持て余してるだけだし……家でゴロゴロ、毎日ゴロゴロ……代わり映えなしってさ。そんな話、聞いてもつまんないじゃん」

今日はみんなと集まるために、冬眠から目覚めたクマのようにのそのそ巣穴から出てきたけれど、そういう特別な用事でもなければずっと家の中に引きこもっていただろう。

それがニートの本分で、ニートたる由縁なのだから仕方ない。

毎日活発に家から出て、近所とか公園とかを散歩したり、朝の体操をしたりしているのは、余生を満喫中の隠居老人か、有閑貴族といったところだろう。それはそれで理想的だけど、ボクとしてはニート生活ってものをもう少し極めてみたい。

「それより、ボクとしてはカッキー君の話のほうが面白そうだと思うけど。名前のことも知らなかったしさ」

「僕らって、会ってけっこう経つのに、お互いのことあんまり知らないよね」

「んーまあね。みんなのこだわりと趣味嗜好なら、だいたい把握したけど」

「それ以外のことだよ……僕はマルコス君のこと、全然知らないけど、それでもやっぱり、友達だって思うし……だから、ちょっとは、知りたいって思うんだ。マルコス君だけじゃなくて、イサム君とか、ミミッチのこともさ。僕にはここしか……居場所がないから」

ボクと並んで、カッキー君はメガネを外す。真っ直ぐ見つめられて、「眩しい！」とボクは視界を遮るように手をかざして一歩下がった。

「やばい、カッキー君のイケメンオーラに負けそうっ！」

「また、話をはぐらかしたね」

カッキー君はため息を吐くように言って、ソーダアイスの棒をポケットから出したゴミ袋に入れる。

「………普通だよ」

ボクは視線をわずかに下げて、そう答えた。

カッキー君がボクをジッと見てくる。道路に映るボクらの影も、向き合ったまま動かない。

「……だから、話すようなこともないんだよ」

ぎこちなく笑ったボクは、「それよりさ」と話を変えた。

「先週のリリカルルカ、めちゃくちゃいい展開だったよね～。改造ウネウネタコマリン博士とのバトルシーン、エグいくらいに動くしさ。制作陣の意地と根性とクリエイター魂を感じて、感動と感激のあまりに涙腺が崩壊したんだけど。ていうか、リリカちゃんがステッキ奪われた時に、ルルカちゃんが飛び出して奪い返すシーンさ、かっこよくなかった⁉あの二人の熱い友情で、ボクのほうが茹で蛸になりそうだったんだけど。『リリカッ！』ってルルカちゃんがステッキ投げ渡した時のリリカちゃんの顔が、完全に乙女だったしさ！」

「あのシーンのリリカちゃん、目がハートでウルウルだったね」

「あの顔をボクは百万回くらい見たい！　っていうか、絶対見る。早く円盤出ないかな～」

ボクらは熱く盛り上がりながら並んで歩く。駅に辿り着くと、カッキー君は駐輪場から自分の自転車を出してきた。

「んじゃ、またね〜」

「うん……また」

ボクはヒラヒラと手を振り、カッキー君が自転車に乗って走り去るのを見届ける。

学生たちが笑って雑談しながら歩いてくる。ボクはパーカーのフードを深めに被り、俯きがちに歩き出した。

(友達……か……)

カッキー君たちと一緒にいる時は楽しいと思う。だからって、友達と呼んでいいのかボクにはわからなかった。友達と呼べるような相手は今までいなかった。

今だって、友達がほしいと思っているわけじゃない。カノジョもいらないし、推しのリリカちゃんがいればいいと思ってる。

台詞なんて全部覚えているのに、毎日、毎日、何度も繰り返しアニメを観て過ごすし、リリカちゃんグッズはほとんどそろえてる。カラオケに行けばアニメの曲やキャラクターソングばっかり歌ってるけど飽きない。イベントに行けば、リリカちゃんカラーのサイリウムを振って飛び跳ねて、応援して、グッズを手当たり次第に買ったりもする。

そのためには朝四時に起きてまだ薄暗いうちから物販のブースの前に並ぶことだって平

気だ。いつもなら、昼過ぎまでグーグー寝てるけど。

推しのためなら、地球のどこだってイベントがあれば駆けつけもする。地球圏外だったとしても、ファン魂にかけて自力で向かうさ。自前のロケットを開発するくらい、ボクにとっては朝飯前だ。

別にボクの生き方を誰かに理解されたいなんて思っていない。他人のことは、しょせん真に理解することなんて不可能だ。だったら、べつに気にするようなことじゃない。自分が満たされる方向に進めばいい。

人にどれだけ望まれても、何をやってみても、何を達成してみても、虚しくなるだけだった。

だから、ボクは無意味だと思えるもの全部を捨てることにした。

そうしたら、なんと、驚くべきことに何にも残らなかった。つまり、ボクにとって意味があることは、何一つなかったってことだ。

十数年も生きれば、普通、大切にしたい思い出とか、大事な人間関係とか、多少はできるはずなのに。ボクには何にもなかった。誰かとの繋がりも、ボクは持てなかった。けれどそれでいいと思った。

（ああっ、違うかな……）

ボクを理解しようとしてくれた人もいたんだ。少なくとも一人は——。

飛び級で海外の大学に進学したボクは、相変わらず友人もできなくて一人でいることが多かった。そんなボクのことを、何かと気にかけてくれた教授がいた。ボクを研究室に誘ってくれた人でもあった。

足の踏み場もないほど本やファイル、計測器が置かれていた大学の狭い教授室で、教授の研究のことや、雑誌に掲載されていた論文についての議論を、時間を忘れてしていたのを思い出す。ボクが長々と語る話を、教授はいつも頷きながら楽しそうに聞いてくれていた。

あの人はいつだってフェアだった。ボクを特別扱いすることなく、他の多くの生徒たちと同じように扱ってくれていたから。それが、ボクには居心地よく思えた。

大学を卒業する少し前、教授に『時間を戻せたら、人生をやり直せるのに』と話したことがある。そうすれば、別の自分になれるような気がしたから。タイムマシンの開発に着手しようかと、真剣に考えたこともある。

教授は『なるほど、それは人類誰しも、一度は思うことだろう』と、笑いながら頷いていた。

『しかし、人生をやり直したとしても、別の自分になれるとは限らないさ。人はそう変わらないものだからね。心が求めるものはいつだって同じだ。だから、人は何度でも同じ選択を繰り返す。そして必ず同じ未来に辿り着くのだ。もちろん、検証をしてみたわけではないがね。なにせ、私にはタイムマシンは作り出せない。それを立証する術もないわけだ。君ならば、もしかすると可能かもしれないが』

ボクの肩を叩きながら、教授はそう話してくれた。あの人くらいだっただろうか。ボクを理解しようと努めてくれたのは。

大学を卒業して日本に戻った後、教授とは一度も顔を合わせてはいない。けれど、メールやメッセージのやりとりは今でも続いている。

繋がりを断とうと思わなかったのは、教授との時間が、ボクにとって少しばかり意味のあるものに思えたからだろう。

平日の午前中、リリカちゃんデザインのエプロンと三角巾を身につけたボクは、「ドリーム☆はたきリリカバージョン～っ！」と、はたきを取り出す。ただ、ピンクのリボンを結んだだけの、どこにでも売られているごく普通のはたきだ。

「さて、始めるか……」

腰に手をやりながら呟いて、ボクは棚の上の埃をそのはたきで払う。

飾ってあるのは、リリカちゃんやルルカちゃんのフィギュアやぬいぐるみ、ケースに入った限定品のマジカル☆ステッキなど、今まで苦労して集めたボクの命より大事なコレクションである。総額は——どうでもいいとして。

アニメのOP曲を口ずさみながら、ボクは一つ一つ、丁寧に埃を払っていく。

「ん〜やっぱ、めちゃくちゃよくできてるよなー」

ケースに入ったリリカちゃんのフィギュアを、手を止めてしげしげと眺めた。スカートのフリルまで細かく再現してある。ジッと見ていると、アニメの場面が思い浮かんできて、声や動きまで忠実に脳内で再現される。

こういう時、無駄にいい記憶力が大いに役に立つ。ただ、没頭していると時間だけが過ぎていって掃除が少しも進まないため、ボクは慎重にケースを棚に戻した。

「よしっ、完璧っ！」

来月には注文していた新しいフィギュアが届く。これでお迎えする準備は万全だ。

鼻歌まじりに掃除を続けているとインターフォンが鳴る。

「何か注文してたっけ？」

三角巾を外して玄関先で荷物を受け取り、部屋に戻ると、海外からの荷物だった。『精密機械』『取扱注意』『天地無用』と、ベタベタと箱にシールが貼られている。

（もしや、これは……っ！）

ボクは床に箱を下ろし、急いでテープをはがした。梱包材をかき分けて中に入っていたものを取り出すと、先日、クレーンゲームで入手したリリカちゃんの抱き枕が入っている。とある場所に送っていたものが、ようやく戻ってきた。

「ついにきたーっ！　これを待ってたんだよね～」

ボクは抱き枕をギューッと抱き締めた。これは、ただの抱き枕じゃない。特別に改造を施した『ボク専用夢を叶えるリリカちゃん抱き枕』だ。

「その名も……リリカちゃんに愛を込めて！　ドリーム☆マジカル抱き枕・マルコス'55バ～～～ジョン！」

ボクははたきと抱き枕を手に、リリカちゃんの決めポーズを取る。もちろん、この部屋にいるのはボク一人だから、反応してくれる相手はいない。

静かな部屋の中で急に冷静になったボクは、スンッとなってその場に体育座りをした。膝においた抱き枕に顔を埋めると、リリカちゃんの匂い——なんてするはずがない。工場から運ばれてきた繊維の匂いだ。

スンスン嗅いでいると、エプロンのポケットに突っ込んでいたスマホが鳴る。

ボクが連絡を取る相手は限られている。スマホを取り出して画面を表示すると、大学時代の教授からのメールだった。

『やあ、マルコス君。ギフトは届いただろうか。スペシャルな夢の時間を楽しんでくれたまえ』

そんな簡単な文面だった。悪戯っぽい笑みを浮かべている教授の顔が浮かんでくる。某研究機関の支援のもとで、ボクと教授はあるデバイスの開発を行っていた。

教授に一緒にやってみないかと話を持ちかけられた時、面白そうだったからまあ少しばかりなら関わってみてもいいかなと思い、ちょっとばっかり協力することにした。

簡単に言えば、『自分の思い通りの夢の世界を体感できる、まさに人類の夢と願望と妄想がたっぷりつまった〝夢〟の装置』だ。

この抱き枕の中に組み込んだデバイスによって、遠隔的に夢に干渉することができる。

（まあ、これがニートの本気ってね〜）

時間と暇ならたっぷりある。このために、しばらく家に籠もりきりの生活だった。

ボクは「フフフッ」と、含み笑いを漏らした。これを抱き締めながら見たい夢を思い描いて寝れば、その通りの夢を見られる。

もちろん、夢だから安心安全。ぐっすり快適な睡眠をお約束。ストレス軽減効果もあったりなかったり。アロマスプレーをシュッとかければ、よりリラックスしながら心地よい夢を見られるってわけだ。

しかも、寝過ごし防止のための目覚ましタイマー機能もついている優れもの。

「さーて、リリカちゃんに会いに行きますか」

ボクはウキウキして、スキップしながらベッドに向かった。

2

ピンク色のツインテールの女の子が、ステッキを翳しながら戦っている。その周りには、同じようなコスチュームの女の子たちが、傷ついて倒れていた。その仲間を庇うように、彼女は一人、敵に立ち向かう。

渾身の力を振り絞り、起き上がろうとしたボブの髪の女の子が、彼女の名前を呼ぶ。その声で、ツインテールの髪の女の子は振り返る。

顔はぼやけていて、はっきりとしない。けれど、微笑んでいたのだけはわかる。その子は――。

あれ、なんだっけ。

その子の名前――。

ボクはふっと夢の世界から現実に引っ張り戻された。

ピピピ、ピピピピと、タイマーの音が鳴っている。数秒、自分がどこにいるのかはっきりしなくて周りを見ると、そこはいつもいる研究所の一室だった。大学附属の施設だ。

「あれ……なんで……」

ボクは呟いてから、「ああそうか」と自分がここにいる理由を思い出した。大学卒業後、ボクは教授に誘われてこの研究所で研究の手伝いをしているんだ。

パソコンのディスプレイを見ると、書きかけのレポートが表示されていた。時間は夜の十二時過ぎだ。

昼食も食べていなかったからさすがにお腹が空いて、カップ麺でも食べようと準備したまでは覚えていた。どうやら、三分待つ間にうたた寝していたらしい。

三分の間に見る夢にしては、長かったような。こういうのなんて言うんだっけ。

「いただきまーす」

手を合わせてから、カップ麺の蓋をはがす。

(一炊の夢……か)

ボクはズズーッと麺をすする。夢で見たのは何かのアニメっぽかったけど。何のアニメなのか思い出せない。ピンク色の髪の印象しか残っていなかった。

「まあ、いいや……」

呟いてカップ麺を口に運ぶ。

カップ麺を食べ終えると、「ごちそうさまー」と一人で言いながら席を立つ。空の容器を持って廊下に出たボクは、鼻歌を歌いながら給湯室に向かった。

この歌――なんの曲だろ。

思い出そうとしていると、自動ドアが開いて白衣を着た女の人が飛び出してくる。大学生のようだった。

（バイトの人かな……？）

この人も教授に頼まれたのかもしれない。終電の時間も過ぎているのに、ボク以外に残っている人がいるとは思わなかった。女の人のほうも、廊下に突っ立っているボクを見て驚きの表情を浮かべていた。

「あれ？　君……あの……え？　高校生？」

一応、これでも大学を卒業しちゃってるんだけど。それを説明するのも面倒で、「どーしたの？　おねーさん」とボクは尋ねた。

「あの、えっと、君、他に残っている人いなかった？」

彼女はすっかり狼狽していて、今にも泣きそうな表情になっていた。

事情をきくと、どうやらデータ入力作業中に、パソコンの調子が悪くなったらしい。

お姉さんについて部屋に入ったボクは、マウスをクリックする。エラーメッセージがディスプレイ全面に表示されていた。

あちゃーと、ボクは苦笑して椅子に腰を下ろす。特に珍しくもないサイバー攻撃だ。システム管理部門の人も、もうとっくに帰った時間だろう。ボクは壁の時計に目をやった。

本来なら、報告するのが先だろうけど。

(まあ、いっか……ボクだけでなんとかなりそーだし)


一通り対処して問題が片付いたところで、「もう大丈夫なんじゃない？」とボクは席を立つ。チェックしたけれど、データが抜き取られた痕跡はないようだった。

(我ながら、スマートすぎる完璧な仕事っぷり)

どっかのクラッカーも、こんな天才が勤勉にも深夜まで研究所に居残って仕事をしているなんて思わなかっただろう。

心配そうに見守っていたお姉さんは、「よかった〜」と安堵していた。それから、パッと顔を上げてボクを見る。

「ありがとう。あなた、名前は？　学生？」

「あっ……いや……」

ボクが口ごもっていると、お姉さんはようやく気づいたのか気まずそうな表情になる。

「なんだ……あの天才の……」

呟いてから、お姉さんはハッとしたように口もとを押さえる。無意識に出たのだろう。

そう呼ばれることが嫌なわけじゃない。ただ、言われるたびに少しばかりうんざりするだけだ。自分たちとは違う理解し難い相手だと、最初から決めつけられているようで。

「ごめんなさい。知らなくて……」

「明日にでもシステム管理の人に報告しときなよ……おねーさん」

ボクは感情をしまい、手を振って部屋を出た。

また、同じ夢を見た――。
目覚ましの電子音に起こされたボクは、寝ぼけ眼で部屋を見回す。研究室に泊まり込んで、今日で何日目だろう。
昨晩もアパートに帰るのが面倒で夜更けまでレポートを書き、そのままノックダウンするみたいにデスクに突っ伏して寝ていた。
ファイルの隙間で鳴り続けているスマホに手を伸ばす。タイマーを切り、時間を見ると朝の十時過ぎになっていた。

けっこう寝たなと、ボクは頭をかきながら立ち上がる。すっかりヨレヨレになっている白衣のまま、ボクは欠伸を漏らして部屋を出た。

昨日の夢、なんだっけ。

その大半はもう、はっきりと思い出せない。

ボクは思い出すのを諦めて、ため息を吐いた。

夢はしょせん、ただの夢。夢分析なんてそれほど当てにならない。集合的無意識ってやつにはちょっとばかり興味があるけど。

自動販売機のある給湯室横の休憩スペースに向かうと、出勤してきた職員や他の研究員たちが集まって雑談していた。

「教授、今度の日本行きにあの天才君を連れて行くんだって？」

「あー……お気に入りなんだろ。教授も必死なんだよ。次のプロジェクト、かなり金がかかるみたいだし。支援者にアピールするのに好都合なんじゃねーの。天才少年使って売り込みたいんだよ」

「あいつさ、次のプロジェクトのチームリーダーに抜擢されてんだろ。先輩が一年以上前から準備進めてきたってのにさ。外されたってぼやいてたよ」

「うわっ、俺なら生意気なあの面をぶん殴りに行きたくなるね」

ボクが立ち止まって聞いていることに気づいたのか、研究員たちは口を噤み、気まずそうに視線を逸らしてその場を立ち去る。

遠ざかる足音と話し声を聞きながら、ボクは息を吸い込んで天井に目をやった。

「なんで、こんなにつまんないんだろ……」

自動販売機でジュースを買い、取り出したイチゴミルクのピンク色のパッケージを見つめる。

(夢に出てきた子、こんな髪の色だったっけ……)

正義とか、友情とか、仲間とか、愛とか。全部、ただの作り物だ。

現実の世界には存在しない。

少なくとも、ボクのまわりには——。

ボクはジュースのパックを少し強く握り、部屋に引き返した。

(あんまり変わってないな……)
それが、久し振りに日本に戻ってきたボクの感想だった。
教授の付き添いで帰国したボクは、ホテルに移動してスーツに着替えた後、国際シンポジウムが開催される会場に向かう。

タクシーの窓から、流れていく景色をぼんやりと眺める。外は薄暗くて、小雨がガラスに当たっていた。

「君も久し振りの日本だろう。しばらく滞在しているのだから、ゆっくり楽しむといい。会いたい友人や知り合いもいるんじゃないのかね？」

隣に座った教授が、そう話しかけてきた。

（そんな相手、べつにいないけど……）

「君の両親は海外だったかな？　会ったりはしているのか？」

「たまに連絡は来るけど……一応、生きてるかどうか確認しないといけないと思ってるみたいだし」

ボクは窓のほうを見たまま素っ気なく答える。

「心配はいらないと思われているんだよ。信頼されている証拠さ」

こういうのも信頼って言うんだろうか。どちらかというと、放任というほうが正しいような気がした。大学卒業後は、口を挟んでくることもほとんどない。両親は両親で自由にやってるようだから、ボクとしても元気でいてくれればそれでいい。たぶん、両親のほうも同じ気持ちなんだろう。

会場の前に到着すると、ボクと教授はタクシーを降りて正面入り口に向かう。エントランスに関係者や他の研究者が大勢集まっていて、立ち話をしていた。

教授の姿を見つけると、スーツを着た人たちが挨拶をするためにやってくる。

「講演を聴いているのも退屈だろう。準備は手伝ってもらったのだし、自由に過ごしてくれてかまわんよ」

「それじゃあ、適当に過ごしてよーかな」

「そうか。それでは夕方頃、ホテルで合流しよう」

「はーい」

ボクは周りの人達にペコッと頭を下げて離れる。

「あれが、例の飛び級をした？」

「私の助手として研究を手伝ってもらっているんですよ。実に優秀でね」

人に囲まれた教授は誇らしげに話しながら笑っていた。好奇の視線に晒されるのが煩わしくて、ボクはフイッと顔を背ける。

教授は期待してくれているし、信頼もしてくれている。それに応えたいとも思うのに。

なぜか、違うような気がする。心にぽっかり穴が空いているような。

（これって……ボクがやりたかったことだっけ……？）

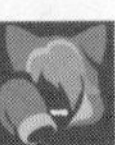

会場内ではパネルディスカッションやシンポジウム、企業ブースでは新製品の展示会などもやっていた。それを暇潰しに覗いた後、やることもなくなって外に出る。小雨は止んでいて薄暗かった空は夕日に染まっていた。

「さて、どうしようかな……」

教授は講演の最中だけど、助手であるボクの仕事は準備や資料作成ですでに終わっている。今回、教授がボクを連れてきてくれたのは、久し振りに日本に戻れる機会を作ってくれたからだろう。

自由に時間を過ごしていいと言われているけれど、特に会いたい相手もいないし、行きたい場所があるわけでもなかった。とはいえ、せっかく戻ってきたのに、何もしないでホテルに籠もっているというのも、もったいない気がする。

「まあ、いいや。テキトーにぶらついてたら時間になりそうだし」

頭の後ろで手を組みながら歩き出す。堅苦しいスーツを着替えたい気もしたけど、ホテルに一度戻ると出かけるのが面倒くさくなりそうだ。それに、教授がディナーはどこかの有名店を予約したって言っていたし。

（それなら、このままでいーや）

パーカーとジャージ姿じゃ、目の前で店の扉を閉められるかもしれない。

一番近い駅で電車に乗ると、ちょうど学校が終わった時間なのか、制服姿の学生が多く乗っていた。楽しそうに笑っておしゃべりしている女子たちが、チラチラとボクのほうに視線を向けてくる。

（なんか悪目立ちしてんのかも……）

スーツ姿だからだろうか。やっぱり着替えてくればよかったと少しばかり後悔しながら、手すりに寄りかかって窓の外を見る。

ビルばかり並んでいる。その外壁に取り付けられていた大きな看板が視界に入り、ボクは思わず振り返った。

ピンク色の髪の女の子のイラストが大きく描かれていた看板は、電車がカーブするとすぐに見えなくなる。

あれ、今の――。

夢で見た女の子だったような気がするけど、はっきりとはわからなかった。ため息を吐いて、ボクは電車の広告に視線を移す。そこにもツインテールの女の子のイラストが載っていたけれど、その子はピンク色の髪ではなく、金色の髪だ。それに、バトルゲームのキャラクターだった。

（ツインテールの女の子キャラって、多いのかな……）

そう思いながら、制服を着ている女の子たちに視線を移す。日本のアニメやゲームに詳しいわけでもないからわからなかった。

「あの人、どこの学校かな……？」

「大学生とか社会人じゃない？　スーツだし……身長けっこうあるね」

「すっごい童顔とか……親戚の結婚式の帰りとか？」

ボクのほうを見ている学生二人が、ヒソヒソと話す声が耳に届く。

（やっぱ、なーんか目立っちゃってんのかも……）

ボクは気まずくて、次の駅で電車を降りた。


電気街を歩きながら、ボクはビルの外壁に取り付けられている看板を見上げた。五人組女性アイドルの広告だった。日が落ちかけていて、風が夜の街の匂いを運んでくる。

（ツインテールの髪……）

ボクは探すように周りに目をやる。

「猫カフェ、やってます！」

声がしたほうに視線を移すと、黒いエプロンドレス姿で猫耳を付けたツインテールの女の人が、通行人にチラシを配っていた。

ボクはフラッと引き寄せられるようにお姉さんに歩み寄る。

「お兄さん、癒やしは必要ありませんか⁉」

猫耳カチューシャのお姉さんはそう言って、ボクにチラシを差し出してきた。

受け取ったチラシは白黒コピーしたもので、手書きの猫のイラストが描かれている。それに、店名や場所も小さく書かれていた。


よくわからないままビルの一室に案内されたボクは、狭い部屋の中で膝を抱えて小さくなりながら座っていた。

そんなボクを中心に、サークルを作るように猫たちが転がっている。みんな毛繕いしたり、お腹を出してみたりと、気ままに過ごしていた。

注文したジュースはもうとっくに飲み終えて、グラスは空だった。

ボクはぼんやりしたまま、豆皿に載っている茶色いお菓子をつまんで口に運ぶ。

「お兄さんっ、ダメです。それは猫ちゃんたちのおやつです！」

お姉さんがすっ飛んできて、慌てたように止めたけど間に合わなかった。茶色いお菓子をポリッと嚙むと、あまりおいしくなくて眉間に皺が寄る。

「そういうことは……先に教えてほしかったんだけど」

ボクはガクッとして言った。猫たちがそれを寄越せとばかりに集まってきて膝に乗ろうとしてくる。

猫カフェなんだから、猫のおやつが出てきてもおかしくない。初回サービス品のようだった。チラシにも書いてあったのに、確かめていなかったボクが全面的に悪いだろう。

「ごめんなさい。てっきり、わかっているものとばかり……でも、すごいですね。お兄さん。初めてなのにこんなに猫ちゃんたちに好かれて。もしや……伝説の猫マスターの人ですか⁉」

そばに両膝をついているお姉さんは、お盆を抱えたまま目をキラキラさせて見てくる。

「伝説の猫マスターかどうかはわかんないけど……同類だと思われてんのかもね」

ボクは苦笑いする。オレンジ色の猫耳がついたパーカーを愛用してるし。その下にいつも、Tシャツを――。

ボクは「あれ」と、自分のスーツに目をやる。ジャケットは脱いでいるから白シャツだ。ネクタイは息苦しくて緩めている。

(何のTシャツを着てたっけ……)

考えてみたけど靄がかかっているみたいに思い出せない。

ボクは目を懲らし、ツインテールの髪のお姉さんをマジマジと見る。こんなに長くなかった気がする。もう少し短めで、肩くらいだったかな。クルッて毛先がカールしていて。

「えっと……っ⁇」

「お姉さん……ピンク色の髪とかにしないの？」

「えっ、ピ、ピ、ピンク色の髪⁉」

お姉さんの声のトーンが急に高くなり、動揺したように視線が泳いでいた。

ボクはもう少しよく見ようと、お姉さんにズイッと寄る。

「お姉さんのこと、どっかで見た覚えがあるような気がするんだよね……」

日本にずっといなかったんだから、知り合いなわけがないんだけど。

お姉さんは後ろに下がり気味になりながら、ギュッと両腕でお盆を抱き締めている。その首が徐々に赤くなっていた。

「あの、うちは猫カフェなので……私は猫ちゃんのお世話係なので。こういう、積極的なことは大変困りますっ！」

お姉さんはグイッとボクを押しのける。

「それに、私には交際している殿方がいるので～っ！」

立ち上がったお姉さんは、パタパタと奥の部屋に入っていってしまった。

取り残されたボクの背中に、ドスッと重みがかかる。背中の上で、猫が毛繕いを始めたみたいだった。一匹が乗ると、他の猫たちもよじ登ろうとしてくる。猫たちの重みに耐えながら、「あの、それより、助けてほしいんだけど……」とボクは手を伸ばした。

一時間が過ぎて、ボクはさっきのお姉さんに見送られながら店を出る。

「私はミミカって言います。よければ、また会いに来てください。もちろん、猫ちゃんたちにですけど！」

帰り際に、お姉さんはボクに名前の入った名刺をくれた。それを見ながらビルに挟まれた狭い道を歩く。

「ミミカ……やっぱ、聞いたことある気がする」

それと似たような名前を、何度も呼んでいたような。

誰の名前だっけ。大切な名前だった気がするのに——。

「高校で講義？」

移動中のタクシーの中で話を聞いたボクは、驚いて教授の顔を見た。もちろん、講義するのはボクじゃなく教授だ。

「急に依頼されてね。優秀な学生が多く通っている有名な進学校らしい。もしかしたら、君が日本にいたら通っていたかもしれないな。同じくらいの年齢の生徒たちとの交流も、たまにはいい刺激になるだろう」

「どうだろ……」

ボクは呟いて、窓の外に視線を移す。学校の正門が道の先に見えていた。

学校を訪れた時には放課後になっていて、生徒たちが自由に校内を歩いていた。教授の特別講義を後ろで聴いていたボクは、途中で講堂を抜け出す。

体育館のそばをプラプラと歩いていると、バスケ部が部活をしているらしく、ボールの音やかけ声が聞こえてきた。

ボクは足を止めて、体育館のほうを見る。

教授の言う通りずっと日本にいたら、今頃ボクもこの高校に通っていたかもしれない。みんなと同じ制服を着て授業を受けて、放課後には部活動に励んだり。そんな可能性だってあったんだろう。例えば――。

バスケットボールを抱え、ジャージ姿でキラッと笑っている自分のすがすがしい姿が目に浮かんでくる。その後ろには、『全国模試一位！』と書かれた大きな幕が掲げられ、周りでは女子たちがキャーキャー騒いでいたり、ついでにクラッカーが鳴らされ、銀テープや紙吹雪なんかも舞っていたり。

「うっ……輝かしすぎる未来しかイメージできない……！」

苦悩するように独り言を漏らしたボクの横を、ユニフォームを着た男子生徒がジロジロ見ながら通っていく。その生徒が立ち去った後、ボクは小さくため息を吐いて空を見上げた。

（なーんてね……）

日本の学校にいた頃はクラスメイトたちと話が合わなくて、一人でいることのほうが多かった。海外の大学なら、ボクと同じ誰かに出会えるかもしれないと期待したのに。大学でも何も変わらなかった。

誰もボクを理解できないし、ボクも他の人たちのことを理解できない。

日本の高校に進学していたとしても、けっきょくは同じだっただろう。

ボクはどこにいても——一人だ。

現実なんてそんなものだって、もう十分にわかっている。

体育館の裏手に向かって歩いていたボクは、数人の男子生徒とすれ違った。

「くそ弱いし、泣いちゃったよ。だっせーやつ」

「あいつ、学校に来たの一月ぶりじゃね？」

「もう辞めたと思ってたのに。何しに来たんだよ。うぜー」

小馬鹿にしたように笑っていた男子生徒が、チラッとボクを横目で見る。

「なに、あいつ……なんで、私服？」

「さあ、学校見学じゃねーの？」

男子生徒たちは「それよりさ」と、すぐに興味が失せたように話題を変えた。

「余計なお世話だよね～……」

白けた顔で呟いて、ボクはさっさと足を進める。

体育館裏の倉庫の前で、「ん？」と立ち止まったのは、扉を叩く音が聞こえたからだ。

鍵をかけられて、誰かが中に閉じ込められているらしい。

（さっきのあいつらか……）

ボクは顎に手を添えて、「うーん」と思案する。

「悪い魔女によって塔に閉じ込められているお姫様なら、新しい恋が芽生えてしまうかも。これは運命の扉……だったりして」

独り言をもらしてから、「おーい、中の人大丈夫？」と声をかけてみる。

「助けて……お願いします!!」

そう、必死に頼む声が倉庫内から返ってきた。相手はどうやらお姫様ではなく男子生徒のようで、残念ながら恋が芽生える可能性はなさそうだ。とはいえ、放っておくのも気の毒ではある。内側からは開けることができないのだろう。

周りを見ると、高い位置に窓があり、換気のためか少しばかり開いていた。

「ラッキー。入れるじゃん」

ボクは準備運動がてらその場で軽くジャンプする。それから「よっ!」と飛び上がった。壁を蹴って窓の縁に片手でつかまり、反対の手で窓を開く。

半分ほど体を乗り出して覗くと、中にいたのは体操服姿のメガネをかけた男子だ。窓から現れたボクを見て、びっくりしたように目を見開いている。

「ヒーローが助けに参上!」

ボクはニッと笑った。

窓から手を伸ばし、閉じ込められていた不運な男子生徒を助け出す。怖々と降りてきたその男子生徒は、着地の時にふらついて尻餅をついていた。

中庭のベンチに腰をかけたボクは、ペットボトルのジュースを口に運ぶ。木の陰になっていて涼しい。

隣に座った体操服君は、涙と鼻水を拭いながらあんパンと焼きそばパンを交互に口に押し込んでいる。横においているのはコーヒー牛乳のパックだ。

体操服君は、『杜若』という苗字らしい。体操服の胸に名前の刺繍が入っていた。ボクは泣いている杜若君の横顔をマジマジと見ながら考え込む。

杜若って名前の知り合い、他にもいたような気がするんだけど。気のせいかな——。

「あのさ……ボクらって、どっかで会ったことあるっけ？」

ボクは炭酸のジュースを飲みながら尋ねる。

「……ないと思う」

「小学校が同じだったとか」

「ないと思う……高校に入るまで、僕は北海道に住んでたから」

杜若君は、はなを啜りながらそう答えた。

「それじゃ、気のせいか」

「あの……君はこの学校の生徒じゃないよね？」

ようやく涙が止まったのか、落ち着いた様子できいてくる。

「んー……まあね。教授の付き添い」

ボクはスマホを見ながら答えた。新着のメッセージは入っていない。講義はまだ終わっていないのだろう。

「教授って……特別講義の先生？　その人の息子とか？」

講義を聴いているのは、大学受験を控えた三年生と希望者だ。近くの大学からも学生が参加している。

「残念、ただの助手だよ」

杜若君は「助手？」と、驚いたようにボクを見る。まあ、ボクも学生に見えるよね。それにしても、やっぱりボクは杜若君と前に話したことがあるような気がする。初めて会話した感じがしない。

『僕にはここしか……居場所がないから』

そんな杜若君の声が、不意に蘇る。

（あれ……なんでこんなにリアルに思い出せるんだろ……）

どこかの帰り道だったような気がする。その時、紙袋に入れた何かを、ボクも杜若君も持っていたような。

その映像が薄ぼんやりと浮かんでくるのに、いつの時のことだったのかはっきりしない。ただの想像だろうか。

でも――。

「抱き枕」

そんな言葉が、思案していたボクの口からポロッとこぼれた。

紙袋に入れていたものは、確かに抱き枕だった。

「あのさ。杜若君って……抱き枕とか持ってる？」

ボクが尋ねると、杜若君の目の輝きが急に変わる。

「抱き枕が必要なら、ある場所を教えるよ」

さっきまで泣いていたとは思えないほど、自信に満ちあふれた表情になっていた。

　制服に着替えた杜若君と一緒に、ボクは駅の近くにあるゲームセンターに来ている。もちろん、教授には先に帰ると連絡済みだ。広いフロアにはクレーンゲーム機が並んでいて、賑やかな音楽があちこちで鳴っていた。

杜若君が真剣な顔でボタンを押しアームを操作するのを、ボクは隣で眺める。

「おおっ、もうちょっとで取れそう！」

ボクが言うと、杜若君は「うん」と頷く。

アームがギュッと抱き枕をつかんだまではよかったものの、落とし口の近くで落としてしまった。

ボクと杜若君は「はぁ……」と、がっかりしてため息を吐いた。

「これ、今やってる人気のアニメのキャラなんだ。僕も毎週観てるけど、けっこう面白いよ。キャラもかわいいし」

「ふーん……好きなんだ。アニメとか」

「うん……でも、クラスに同じ趣味の人がいなくてさ。話も合わなくて……」

杜若君はもう一度挑戦しながら、ポツポツと話してくれる。あのすれ違った男子たちは杜若君のクラスメイトだろう。あまり感じのいい生徒ではなかったなと、ボクは思い出す。

「でもさ……学校以外なら、話が合う友達とかもいるんだ。だから、あんまり気にしていないよ。君とも……友達になれそうな気がする」

ゲットした抱き枕を、「はい、あげる」と杜若君はボクにくれる。

「ありがとう」

受け取った抱き枕には、妖精みたいなミニキャラの女の子が描かれていた。

(友達……か……)

なぜか、胸が少し痛い。

『僕は――君のこと、全然知らないけど、それでもやっぱり、友達だって思うし……』

そんな声がして、ボクは杜若君を見る。

「やっぱ……ボク、前にも杜若君に会ったことがある気がする……もしかすると、前世かも」

ボクは真面目な顔で言いながら首を捻る。杜若君は目を丸くして笑った。

「そうだといいかも。あのさ、クレーンゲーム、やってみる？　僕、けっこう得意だからコツを教えるよ」

「んー……じゃあ、ちょっとだけやってみようかな」

友達なんてよくわからないけど、こういうのは嫌いじゃないって思うんだ。

杜若君と一緒にクレーンゲーム機を見ながら歩いていると、「あー……また落ちちゃった」と残念そうな女の子の声がした。

「お小遣いもう残ってないよ」

「あたしも。絶対ほしいのに～っ！」

高校生くらいの女の子二人が、クレーンゲーム機の前で話をしている。後ろからひょいっと覗いてみると、大きめなぬいぐるみが並んでいた。

「あっ、あれ……女子に人気がある男子アイドルのゲームのキャラだよ」

隣にいた杜若君が小声で教えてくれる。

「へぇ……そうなんだ」

（取れそうな気がするんだけど……？）

「それ、ちょっとボクにやらせてくんない？」

ボクがニコッと笑って声をかけると、二人はびっくりしたように顔を見合わせていた。

「はいっ、お願いします！」

女の子の一人が、ペコッと頭を下げる。ボクは二人の代わりに機械の前に立ち、ボタンを押してアームを移動させる。

うまく落とし口にぬいぐるみが落ちると、ハラハラしたように見守っていた二人が嬉しそうな悲鳴を上げた。

「ありがとうございます。すごいっ、一回で取れちゃうなんて！」

「クレーンゲーム、上手いんですね！　これ、すごく難しかったのに」

二人はボクからぬいぐるみを受け取ると、何度もお礼を言って去って行った。

（どっかでやったことあったっけ……）

ゲームセンターに来るのは、今日が初めてなはずなのに。ボクは自分の手をジッと見る。

「あのぬいぐるみ、かなり難しい位置にあったのに、よく取れたね」

杜若君が驚いたように言う。誰かに取ってあげたことも、あるような気がする。

（誰にだっけ……みんなで、来たような……でも、みんなって？）

ボクは「そうだ」と、杜若君を見た。

「杜若君ってさ。他のアニメのことも詳しかったりする？」

深く鼻で息を吸い込んだ杜若君は、夕日を眺めるみたいに視線を斜め上に向ける。その指が、クイッとメガネを押し上げた。

「それほどでもないけど……多少は、詳しいよ」

「んじゃ、例えばさ……ツインテールの髪のキャラとか知ってる？」

杜若君の目がキラッと光り、食い気味にボクのほうへグイッと距離を詰めてきた。

「それは……どういうツインテールかな？」

「どういう？　よくわかんないけど……ピンク色？」

首を傾げながらボクが答えると、杜若君は生き別れの親友に再び会えたみたいにハグしてきた。

その日の夜、連絡先を交換した杜若君からメッセージが入っていた。
アニメイベントのお誘いだ。明日の夕方から、野外ステージでイベントが行われるらしい。杜若君が一番ハマってるアニメで、ツインテールの女の子が出ているという。推し仲間にチケットを融通してもらったらしく、電子チケットが一緒に送られてきていた。

でも明日の夕方は、教授の付き添いでレセプションパーティーに出席することになっているから抜けるのは難しそうだ。

『ごめん、せっかく誘ってくれたんだけどさ。ちょっと用事があって行けそうにないんだよね』

ボクが返信するとすぐに既読になり、新着のメッセージが表示される。

『少しだけでもいいんだ。もし、来られなかったらそれでもいいよ。でもアニメは本当にお薦めだから、少しだけでも観てほしい』

ボクは電子チケットを表示してみる。

『魔法少女リリカルルカ　アニメ記念ライブイベント』

ボクはその画面を見つめて、「リリカ……ルルカ……」と呟く。

気づくと、何度かその名前を繰り返していた。頭の中で、記憶がフラッシュバックする。

「あれ、なんだこれ……」と、ボクは額を押さえた。

知らないマンションの部屋に飾られているポスターや、フィギュア。インターフォンが鳴って、浮かれた足取りで玄関に向かうボク。

『これを待ってたんだよね～』と嬉しそうに言いながら、箱から魔法のステッキを取り出すボクの姿が映像のように浮かんでは消えていく。

その記憶は全部、断片的なものだった。

『早くイベントのチケットの当落が出ねーかな？』

『来週だよね』

そう、誰かが話していた。古い喫茶店で、ボクはほとんど残っていないクリームソーダを飲んでいて、グラスの中で氷がカランッと音を立てた。

なんでだ。大事なことなのに。なんで、忘れてるんだ。

――忘れる？

ボクが忘れることなんてないはずなのに。読んだ本の内容も、観た映画の台詞も、些細な会話ですら全部、鮮明に覚えている。

考えているうちに、眠気が押し寄せてきて瞼が閉じようとする。

（あれ……電話が鳴ってる……）

誰からだろうと、ウトウトしながらボクは電話に出た。

聞こえたのは、『なにやってんだよ』という呆れたような〝ボク〟自身の声だった。

『大至急起きないと、リリカちゃんの大事なイベントに間に合わないだろ！』

電話が切れ、ゆっくりと目を閉じたボクの手から、スマホが離れる。それはコトッと絨毯に落ちた。

そうだ。明日は、大事なイベントの日だ。行かなきゃ。

リリカちゃんに会いに——。

翌日の夕方、スーツに着替えたボクは、教授と一緒にレセプションパーティーの開かれるホテルのロビーにいた。腕時計を見ると、午後五時前だ。

（イベントって、六時からだっけ……）

昼の会食の時も、午後からの講演会の時も、ずっとそのことばかり気に掛かっていて落ち着かなかった。気づくと、アニメの情報やイベントのことを検索している。

ボクが探していたツインテールの女の子は、間違いなく『魔法少女リリカルルカ』のリリカちゃんだ。

電車の中から見たアニメの広告の看板に描かれていたのもこの子だ。

（ボクは絶対、知ってるはずなんだ……）

どこで知ったのかはわからないけど。この子に会えば全部、思い出せる気がする。

「今日はどうしたんだね？　やけにぼんやりしているな」

不意に教授の声が耳に入ってきて、下ばかり向いていたボクは顔を上げた。

「教授……今日のパーティーって、ボクも顔を出さなきゃいけないの？」

「それはもちろんだ。面倒だろうが、付き合ってくれ」

にこやかに言いながら、教授はボクの肩を叩く。

会場の入り口の扉は開いていて、シャンパングラスやジュースのグラスを手に歓談している人たちの姿が見えた。

「君を連れてきたのは、このレセプションパーティーのためなのだ。さあ、受付をすませよう」

教授に連れられて歩き出したボクは、入り口の前で足を止める。

教授は振り向いて、小さくため息を吐いた。

「気が進まないのかね？」

「そうじゃないけど……どうしても、行きたいところがあって」

「このパーティーより重要なことなどないだろう。企業や支援者の方から、君を紹介してほしいと頼まれているのだ。これも仕事のうちだよ。有益な人脈というのは、研究者にとっても大事なものだからね。今後、君にとっても有力なコネクションとなるだろう」

会場の入り口を見ると、「あれが例の飛び級の天才か……」と話題にしている人たちがいた。

またかと、失望に似た感情が胸に広がる。

有力なコネクション——それは、ボクがほしい繫がりじゃない。

「君は世の中のために、役に立つ研究がしたいと話していたじゃないか。これはそのために必要な一歩だ」

教授はボクを見つめて、ゆっくりとした口調で言い聞かせる。

そうだっただろうか。そうだったかもしれないけど、その言葉は今のボクの心には何も響かなかった。

「君には私の共同研究者になってもらいたいのだよ。私には君という才能が必要なのだ」

「才能……」

「そうとも。君の才能は、大いに活用すべきだ。そうではないかね？　その類い稀なる能力を無駄に眠らせておくなど宝の持ち腐れだ。世の中にとっても大きな損失だよ。君は君自身の価値を、もっと理解すべきなのだ。これはそのために必要なプロセスだ」

教授は緩んでいるボクのネクタイを直すと、「これでいい」と微笑む。

「さあ、行こうじゃないか。君と私の正しい未来のために」

　――正しい未来。違う。そうじゃないんだ。

　それはボクの求める未来じゃない。

「……教授、ごめん。やっぱ、行かなきゃ！」

　ボクは呟いて踵を返す。

「待ちたまえ、どこに行くんだ！」

　驚いたように教授が呼ぶ。その声を振り切って、ボクは衝動に駆られるがままに駆け出した。

　広い吹き抜けのホールのエレベーターに乗り、エントランスホールへと降りる。自動ドアを通り抜けて外に飛び出すと、紺色の星空が広がっていた。

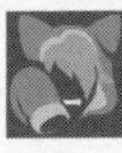

　野外ステージが設けられた広場には、ファンの人たちが大勢集まっていた。
　物販に並んでいる人達がいる。タクシーを降りてすぐに受付に向かうと、杜若君が「あっ、こっちだよ！」と、大きく手を振っていた。

駆け寄ったボクは、杜若君と一緒にいるツインテールの髪の女の人を見て、「あっ、ミミカさん！」と驚きの声を上げた。

チラシ配りをしていた猫カフェのお姉さんだ。

ミミカさんも、「あれ!? あの時の猫マスターの！」とびっくりしていた。

「猫マスターじゃないけどね」

ボクは苦笑いをする。杜若君はボクとミミカさんを見て、「二人とも知り合いだったの？」と目を丸くしていた。

「うちのお店に来てくれたお客さんでね。でも、君も『魔法少女リリカルルカ』のファンだったなんて知らなかったよ！」

ボクはミミカさんをジーッと見て、首を傾げる。

「やっぱ、ボク……ミミカさんのこと、知ってるはずなんだよね」

絶対にどこかで会ってるんだ。

「この人がカッキー君の言ってた友達？ 俺、イサムね。よろしくー」

片手にジュースのカップを持った黒いジャケットのお兄さんが、片手を差し出してくる。

そのジャケットの下には、ボブカットの女の子のイラストが描かれているTシャツを着ていた。

「そのTシャツ……っ!!」

「これ？　いいっしょー。俺の愛するルルカちゃん！」

ニカッと笑ったお兄さんは、ジャケットをバッと開いて自慢げにTシャツを見せてきた。

「ボクも、こういうTシャツ、絶対着てたんだ。ピンクのリリカちゃんの……」

「おっ、君、リリカちゃん推し？」

イサムというお兄さんは、ボクにきいてくる。

この声、確かに覚えがある。初めて会ったんじゃない。

喫茶店で、みんなで集まってクリームソーダを飲んだり、ケーキを食べたりしながら時間を潰して。ゲーセンとか行って、抱き枕を取ったり――。

（そうだ。抱き枕……っ！）

あの時、紙袋に入れていた抱き枕は、みんなでゲーセンに行って取ったリリカちゃんの抱き枕だった。あの記憶は、ただの妄想じゃない。

ボクは研究所にはいなかった。

大学を卒業してから、教授に誘われていたのに、断って日本に戻った。

何もかも捨てたくて、やり直したくて。

部屋を借りて、何もしたくなくて、ずっと閉じこもってたんだ。

そんな時に――。

「あっ、もうそろそろイベント始まるよ！」

ミミカさんの声で、ハッとする。

特設ステージから、聞き覚えのある曲が流れ始めていた。

（この曲、リリカルルカのアニメの……主題歌だ）


受付を済ませて、ボクらは客席に移動する。

会場の照明が落ちて暗くなると、騒いでいた人達も緊張するように静かになっていた。

（ああ、やっぱり、この感覚……知ってるんだ……）

一斉に照明が点くと同時に、観客席から声が上がった。

ステージ上でポーズを決めているのは、ピンク色の髪の女の子と、黄色いボブカットの女の子だ。それぞれのカラーの衣装を着て、高く魔法のステッキを掲げている。

『魔法少女リリカルルカ……いっくよーっ！』

元気一杯に二人が声を上げ、ピョンッと飛び上がった。

カラフルなレーザー光線が走り、スピーカーから曲が流れ出す。後ろのスクリーンに映し出されているのはアニメの映像だ。どのシーンなのか全部わかる。

胸が熱くなってきて、ボクは杜若君から借りたサイリウムを握り締めたままステージから目が離せなくなった。

スクリーンの前では、リリカちゃんとルルカちゃんが、ダンスをしながらかわいい声で歌っている。

ボクもそれに合わせて、周りに聞こえない小さな声で歌を口ずさんでいた。

大学を卒業した後、全部が嫌になって放り出すみたいに日本に戻ってきた。だけど、何にも興味が持てなくて、自分が何をしたいのかも分からなくて、誰かと関わるのも面倒で、連絡も全部断って部屋に引きこもった。

そんな時に、ふと点けたテレビで、アニメをやっていたんだ。

それが、『魔法少女リリカルルカ』だった――。

最初は『魔法少女？ なんだよそれ』とか思いながら、ソファーに座ってぼんやりと眺めているだけだった。

だけど、エンディングが流れる頃には、なぜか涙が出てきて止まんなかった。

アニメの話が感動的だったからとか、そういうんじゃない。いや、めちゃくちゃ神回だったんだけどさ。

ただ、単純に画面の中で、誰かのためにボロボロになってまで戦う女の子の頑張りに胸を打たれた。なんで、この女の子はこんなふうにいろんなものを背負って、友達のためとか、世の中のために戦えるんだろうと思った。

与えられた魔法の力だって、自分が望んだものかどうかもわからないのに。

それが使命だって自分の過酷な運命を丸ごと全部受け入れて、どんなに辛くて大変な状況でも挫けない。

いつだって、『リリカに任せて！』とみんなに笑顔を向けて小さな体で立ち向かっていく。

あの子なら、孤独に押しつぶされそうなボクも、誰かに愛されたいボクも、全部分かってくれて、そばに寄り添ってくれるような気がした。

それが、運命とも言える出会いだったんだ。

ボクは涙が溢れてきて袖で拭う。

なんで、思い出すのにこんなに回り道して、時間がかかったんだ。それが無性に悔しくて唇を噛んだ。

驚いたようにボクを見ていたカッキー君が、『その気持ち、分かるよ！』とばかりに、頷きながら真剣な顔で肩を組んでくる。

みんなのことも忘れてるなんてさ。リリカちゃんとルルカちゃんが繋いでくれた推し仲間なのに。

（ほんと、何やってんだろ……）

だけど、ようやくわかった。

どんな世界でも、どんな選択をしても、ボクは必ず〝君〟に辿り着く。心がこんなにも、必要としているんだから。

けっきょく、ボクはボクでしかないんだ。

周りのみんなに合わせ、手拍子をして大きな声で大切な人の名前を叫ぶ。

「リリカちゃ――――――んっ！」

号泣しながら叫ぶボクを、カッキー君やミミカさん、それにイサム君がポカンと見ている。それから、すぐに笑って同じように大きな声でそれぞれの推しの名前を呼んでいた。

周りのファンたちからも声援が上がる。

リリカちゃんとルルカちゃんは、そんなボクたちファンに向かって、笑顔で手を振ってくれていた。

そうだ。ボクはただの――ハイスペックニート。

ようやく、思い出せた。

ボクがいるべき場所、ボクがやるべきことを。

3

「リリカ……ちゃ――ん………」

自分の寝言にびっくりして飛び起きると、スマホの目覚ましが『早く起きろ』とばかりにしつこく鳴り続けていた。

「あっれ～～……」

寝ぼけたまま周りを見回す。

せっかくリリカちゃんのライブイベントに参加してたはずなのに。ここは会場ではなく、いつものボクの部屋だった。

壁にはいつも通り、リリカちゃんとルルカちゃんのポスターが貼られている。

「おっかしーな……」

しっかり抱きかかえていた抱き枕を見て、ボクは首を捻った。

(ボクが見たかったのはさ……リリカルルカの魔法世界なんだけど。なんで、よりにもよって、二人のこと綺麗さっぱり忘れてんの？)

ボクは顎に指を添えながら、「んー」と考え込む。

「ハイスペックニートにあるまじき、ボクだった気がする」

スーツとか白衣とか着ちゃって、勤勉に働いていたし。よく覚えてないけど。

「まあ、いいや……」

ボクは軽い口調で呟いて抱き枕を自分の枕の横に並べた。

べつに夢なんかじゃなくてもさ、会いたければいつでも会えるんだ。

洗面所で顔を洗って、クローゼットからいつものTシャツを取り出す。

Tシャツのリリカちゃんは、『リリカはここにいるよ』というように微笑んでいた――。

4

『マルコス君、イベントのチケット当選したよ。ミミッチや、イサム君も行けるってさ。マルコス君はどうだった？』

『こっちも当選！　んじゃ、みんなで集まって行くー？』

『そうだね。ミミッチやイサム君にもきいてみるよ。そうだ、明日ミミッチとコラボカフェに行こうと思ってるんだけど、マルコス君はどう？』

『あー、ごめん。ちょっと用事があってさ……カッキー君、ミミカさんと楽しんできてよ』

『そっか。じゃあ、また誘うよ』

『OK！』

ボクはカッキー君にメッセージを送ってから、「さてと」とスマホをジャージのポケットに押し込んだ。

深めに、オレンジ色のパーカーのフードをかぶる。

今のボクは、日本から六千数百マイルほど離れた場所にいた。なにかの猛禽類の鳴き声が夕日の沈みかけた空に木霊していて、強く吹いた風に砂埃が舞う。

ヒッチハイクしてここまでボクを乗せてくれたトラックはもうとっくに走り去った。有刺鉄線の張られたフェンスがずっと先まで続いていて、向こうに鉄塔とコンクリートの外壁の建物が建っているのが見える。

どこから侵入したところで、警報器が作動するだろう。道場破りみたいにかっこよく、正面ゲートから乗り込んでもいいんだけど。

ライフルを担いだ警備員が見張っているから、少々厄介そうだった。

施設に入るには、カードキーの他に顔認証とかも必要だろう。

(まあ、なんとかなるか……)

ボクは落ちていた手頃な木の棒を拾い、軽く振ってみる。

「これ、いいじゃん……」

握り具合も長さも手頃で理想的だ。ボクはニッと笑ってその棒を肩に担ぐ。スタンディングスタートのフォームで、「よーい、どんっ!」とフェンスに向かって駆け出した。

タンッとジャンプしたボクは、宙返りしながら有刺鉄線を飛び越える。そして、そのまま地面にストンと着地した。

その直後、サイレンの音が鳴り響き、ライフルを手にした警備員が車で駆けつけてくる。

威嚇するような銃声が空に広がった。

こんな時なのに、思い出したのは小学校の運動会で一位のメダルを取った時のことだ。

ボクは軽くスニーカーで地面を蹴りながら小さく笑う。

「それじゃ、張り切って始めよーか」

ボクは一人呟いて、木の棒を手に駆け出す。

ライフルの狙いを避けて走り、地面を蹴って跳躍した。猛スピードで突っ込んでくる車のボンネットにダンッと着地する。

迷彩服姿のおじさんが銃口を向けてくるより早く、ボクの回し蹴りがライフルを弾き飛ばしていた。

無線で救援を呼んでいた運転席のおじさんがギョッとしたような顔でこっちを見る。

フロントガラスに足をかけたボクは、ニマーッと笑った。

見晴らしのいい最上階の所長室に入ると、窓のそばのデスクに向かって、教授が座っていた。

動揺していない様子なのを見ると、ボクがここに来るのは想定内のことなのだろう。報告も入っているはずだ。

「前もって連絡をくれればよかったものを。私と君の仲ではないかね。喜んで、君を空港まで迎えに行ったよ」

教授は椅子を回してボクのほうを向くと、「やあ、元気そうじゃないか」と笑顔を見せる。メールや電話では連絡をとっていたけど、直接会うのは大学を卒業した時以来だ。

(夢の中じゃ、一緒に研究所で仕事してたけど……)

ボクはデスクに歩み寄り、パーカーのポケットに入れた黒いキューブ形の本体を投げる。

「久し振りに教授の顔を見たくなってさ。これのお礼も言おうと思って」

「わざわざ、君のほうから会いに来てくれるとは嬉しい限りだ。ちょうど、私も君に用があってね。話をしたいと思っていたところなんだ」

教授はデバイスに手を伸ばし、「いい夢は見られたかね？」とボクに尋ねる。

「まあね。ただ、ボクの見たかった夢じゃなかったけど」

「自分の見たい夢を、自由に見ることができるデバイスの開発。その発想はとても面白かったよ。汎用性も高く、様々な応用ができるだろうな。興味を持っている研究者も多い」

「例えば、他人の夢に介入して、操ろうとしたり？　教授がボクで試したみたいに」

大学の教授室に入り浸っていた時のことが、なんだかひどく懐かしかった。

あれはボクにとって、数少ない『いい思い出』の一つだったから。

つい、数日前までは――。

「君にとって、もっと有意義な未来があることを思い出してほしかったのだよ」

教授はイタズラが見つかった子どものように肩を竦める。

「君は若い。どれほど優れた頭脳を持っていてもやはり年相応だ。迷う気持ちもわかる。私も学生の頃はそうだった。バンドマンになりたくて、毎日、朝から晩までギターを弾いていた時もある。それは私の進むべき未来ではなかったがね。だが、人は最後には選択すべき正しい道に戻ってくる。それは己の意志ではなく、定められたものなのだ」

教授はボクを穏やかな眼差しで見つめたまま、淡々とした口調で語る。

「戻ってきたまえ。世界には君のその頭脳を必要としている人達が大勢いる。夢でもわかっただろう。君が何に挫折したのか私にはわからない。もちろん、挫折も時には必要だ。だが、無意味に過ぎていく時間が、無駄だとは思わないかね？　私なら君の真の理解者になれる。私だからこそ、君が望むものをすべて与えられるのだ」

教授は「それを君にわかってほしくてね」と、微笑む。

（だから、あのデバイスに手を加えたのか……）

ボクは視線を下げて沈黙する。

他の人たちよりは、理解してくれていると思っていた。でも、そうじゃなかった。教授もやっぱりボクの〝真の理解者〟ではなかった――。

期待していた時もあったんだ。

「君を欺そうとしたのは悪かったよ。できれば、償いをさせてほしい。もう、二度としないとも誓う。だから、仲直りをしようじゃないか。君さえよければ、一緒にディナーはどうだろう？ 君の好きなピザを注文するのもいい」

「いーよ。今日はさ……お別れを言いに来ただけだから」

受話器を握ったまま、教授が眉間に皺を寄せてボクを見る。まだ、そんなことを言っているのかと呆れたような表情だった。

「日本にいて何もせず過ごすことに、意味があるのかね？」

ボクは返事をせず、背を向けて歩き出す。

(意味ならあるさ)

ただ、それを他の人が理解できないだけで。

たぶん、カッキー君やミミカさんや、イサム君や、推し仲間のみんなならわかるんだろう。

ずっとボクが出会えなかった、ボクと同じ気持ちを共有できる人たち。

(ああ、そうか……カッキー君が言ってた〝友達〟ってこういうことなんだ)

ようやく、理解できた気がした。こんな時なのにと、ボクは微かに笑う。

あそこが、ボクの居場所ってことなんだ。

「待ちたまえ、どこへ行くつもりだ。自分の才能を無駄にしてどうする。君を利用しようとする人間だっているんだぞ。君には正しく導く人間が必要なのだ。私以外に、君が信頼できる者がどこにいる！」

自動ドアの前で立ち止まった時、デスクのほうでガタッと引き出しを開く音がした。

「君はもう少し、要領よく賢く生きるべきだと思うがね」と、教授が失望したように呟く。

「さる組織から頼まれているのだ。君の頭脳がどうしても必要だと言われている……もちろん、十分な待遇を用意しよう。君の自由も、ある程度は保障される」

振り返ると、教授がボクに向かって銃を構えていた。「本当はこんなことはしたくないんだ」と、白々しく肩を竦めながら。

「教授、前にボクに言ったよね。タイムマシンの話をした時にさ。人生をやり直したとしても、別の自分になれるとは限らないって」

「ああ、確かに……そんな話をしたかな」

教授は眉根を寄せて訝しそうな顔でそう答えた。なんで、ボクが今その話を持ち出したのか、わからないみたいだった。

「人は何度でも同じ選択を繰り返す。必ず同じ未来に辿り着くって……教授の仮説。あれはさ、正しかったよ」

たとえ、人生をやり直しても、どんな選択をしたとしても、ボクは必ずリリカちゃんに辿り着く。何度でも推しへの愛の力で。

「要するに……これが、ボクの出した最善の結論だ――っ！」

背中に隠していた伝説の勇者の剣（拾った木の棒）を引き抜き、助走をつけながら力一杯投げつける。

「グハッ!!」

回転しながら飛んでいった木の棒は、教授の顎に見事命中していた。仰け反った拍子にトリガーを引いてしまったらしく、パンッと銃声が響く。

誤射された銃弾は、天井にめり込んでいた。

ボクは跳ね返ってきた木の棒を、パシッと片手でつかむ。

「狙い、ピッタリ……っ！」

フッと笑って、木の棒を背中に戻した。

教授は銃を握り締めたまま、ヘナヘナと座り込んでいる。木の棒を喰らった衝撃と銃声にびっくりして、腰が抜けたみたいだった。

「じゃーね、教授」

会うのは、きっとこれが最後だろうけど。

ボクは踵を返すと、別れを告げて部屋を出ていく。

人は最後には選択すべき正しい道に戻ってくる。

その選択すべき正しい道の認識が、ボクと教授では違っていた。

ただ、それだけの話だったんだ――。

警報が鳴り響く中、バタバタと職員たちが所長室のほうへと駆けていく。

すれ違ったボクを気に留める余裕もなさそうだった。

ボクは頭の後ろで手を組みながら、鼻歌まじりに歩いていく。もちろん、リリカちゃんのキャラソングだ。

「『お仕事完了！』……ってね☆」

イベント開催の日、ボクはリュックにサイリウムやうちわ、タオル、ついでにリリカちゃんとルルカちゃんのぬいぐるみも入れる。

「準備万端整ったっ！　新しいTシャツやタオルは、物販で買うとして」

部屋で独り言をもらしながら、いつものリリカちゃんTシャツの上にパーカーを羽織る。

新着メッセージを知らせる音が鳴り、机に置いていたスマホをとった。

相手はカッキー君だ。ミミカさんと合流したから、これから会場に向かうと連絡が入っていた。簡単に返信をして、リュックの肩紐をつかむ。

棚の前でふと足を止めたボクは、飾ってある新しいリリカちゃんのフィギュアに目をやった。

誰かとの繋がりなんて、意味がないものだと思っていた。

どうせ、理解されないと諦めていたから。

だけど、そうじゃないって、〝君〟が教えてくれたから。

誰の中にも満たされない心や、孤独があって、わかってほしいと思っている。

そんな不完全な自分を、『それでもいいんだよ』と大きな愛で、全部包んでくれる誰かのことを――いつだって探しているんだ。

電車を乗り継いで会場に辿り着くと、物販ブースの前には行列ができていた。

「おお――っ、盛り上がってる！　やっぱ、こうでなくちゃね～」

「マルコスくーん、こっちです！」

カッキー君やイサム君と一緒にいたミミカさんが大きく手を振っている。

ボクは「おまたせ～！」と、みんなのもとに駆け寄った。

入場ゲートには、リリカちゃんとルルカちゃんのイラストが描かれた大きな看板が掲げられている。それを見ると、テンションが上がった。

「やっぱ楽しんだ者勝ちだからね～」

ボクはニマーッと笑って、拳を振り上げる。

今のボクには何もないわけじゃない。

推しがいて、居場所があって、仲間がいて。

たぶんもう、一人ってわけでもない。

野外ステージのスピーカーから、『魔法少女リリカルルカ』のアニメの主題歌が流れ始める。

大きなスクリーンには、笑顔のリリカちゃんとルルカちゃんが映し出されていた。

君と出会えた今のボクは、完全で無敵なヒーローだ――。

case. 2
狐ヶ咲甘色

序章

「今夜の月は、雲の陰か……」

満月のはずなのにその姿は見えず、暗い夜空が広がっていた。

僕はトンッと傾斜しているお寺の屋根に飛び移る。夕暮れ時に降っていた雨の名残か、濡れた土や草木の香りを含んだ夜風が流れてくる。

街から離れた山の中腹の寺院は門が閉ざされ、僕の他にうろつく人の姿はない。灯籠の灯火が、静かに揺らいでいた。

耳を澄ましてみたけれど、鳥や獣も息を潜めているようで、風にそよぐ木々の葉の音が聞こえてくるだけだった。

「ここで、少し待たせてもらうとしようか……」

辺りを見回し、スカートに皺がよらないよう気をつけながら屋根瓦に腰を下ろす。

僕が着ている制服はセーラー服で、着物のような振り袖になっている。顔を覆うのは狐の面。背に負うのは、黒い鞘に納まった一振りの刀だ。

誰かがやってきたとしても、屋根の上まで見上げはしないだろう。まして、こう闇が濃ければ、僕の顔は見えるはずもない。

少しくらいならこの狐の面を外してもかまわないだろうかと、少し迷ってから風に当たりたい心境で面の紐に手を伸ばす。けれど、『たわけ！』とババ様の声が聞こえた気がしてビクッとした。

『我ら一族の掟を軽んじるとは何事か！』

怒った狐の面をつけたババ様がすぐに想像できて、「はいっ、ごめんなさい！」と慌てて紐から手を離す。

（いけない、いけない。大事なお役目の最中に、気を緩めるなんて言語道断……ババ様が知ったら、また未熟者と叱られてしまうじゃないか）

僕は背筋をピンッと伸ばし、きちんと膝を揃えて座り直す。

ここで落ち合うはずの二人は、まだ来ていない。どうやら、僕が少しばかり早く到着してしまったらしい。焦ることはないだろう。

待っているあいだ、つい鼻歌が漏れる。幼い頃に聞いた覚えのある歌だった。

夕日に染まる公園で、近所の子どもらが夏祭りの踊りの練習をしながら歌っていたのをふと思い出す。学校帰りに、度々見かける子らだった。

それが楽しそうで、その輪に自分も加わってみたくて、一度だけ、勇気を出して声をかけてみたことがある。

『よければ、僕も仲間に入れてくれないかな？』

おずおずと近寄って尋ねると、その子らは急に歌うのをやめて、蜘蛛の子を散らすようにワッと逃げ出してしまった。

『お化け狐が出た〜っ！』

『逃げろ〜！』

そう、びっくりしたように——。


「お化け狐……か」

あの頃からすでに狐の面をつけていたから、怯えさせてしまったのだろう。

それは、今なら仕方のないことだとわかる。けれど、幼い頃の僕はなんだかひどく自分が情けなくて、恥ずかしくて、子どもらがいなくなった公園で一人泣いてしまった。

自分はなぜ、他の子らと違うのだろうと、心が痛くて——。


（もう、昔のことかな……）

お堂を囲むように生えていた竹が、左右に揺れている。強まる風の音と濁った気配に、僕は余計な思考を断ち切って顔を上げた。

なじみ深いとも言えるような冷え冷えとした感覚と、微かに混じる臭気。

「やや、来たようだね……」

僕は背に負った刀の柄に手をかけ、ゆっくりと腰を浮かせる。

辺りを浸蝕するがごとく靄が広がり始めていた。それは闇と同化し、お堂を徐々に覆っていく。

灯籠の灯りは風に吹き消されたのか、それとも靄に隠れてしまったのか。視界が閉ざされ、周囲から音も消えていた。

僕はわずかな気配も逃さぬようにと、五感を研ぎ澄まして刀を構える。

次の瞬間、呻くような低い声が耳をかすめた。

咄嗟に飛び退いた直後、靄の中からスッと伸びてきたのは赤い衣の袖と細く白い腕だった。

「奔れ！　白虎のごとく！」

大きく一歩前に踏み込みながら、勢いよく鞘から刀を抜き放つ。

けれどその一撃はかわされ、刃が掠めたのは衣の袖だけだ。

（思ったより、速い……っ！）

足を踏みしめ、靄の中に消えた腕とその気配を捜す。

心臓の音と自分の息づかいを感じながら、僕は乾く唇を強く結び、切っ先を下に向けて構えた。

唸るような声が、低く、足もとから這い上がるように聞こえる。

暗がりにボッと灯ったのは篝火のような炎だ。

いや、炎ではない。怨念を宿した人魂。揺らめくその人魂は勢いよく飛んできては、僕の腕や脚にまとわりつく。

何度斬り捨てても、またすぐに別の人魂が現れるためきりがなかった。これらは、ただ引き寄せられ集まってきたものだろう。

「……いつまで、かくれんぼをしているつもりかな?」

僕はそう言って、刃に手を滑らせる。指先に滲んだ血が刀の表面を伝い、ポタッと瓦屋根に落ちた。その血が紫色の炎に変わる。

「疾く宿れ、千年の狐火よ」

刀を軽く払うように振ると、刃がその炎に覆われた。

僕は跳躍すると、宙で体をクルッと回転させて炎を放つ。寄り集まり塊となった人魂の炎が、紫色の炎の刃に打ち消されて霧散した。

着地した瞬間、首筋を冷気が撫でる。反射的に振り返ると、背後に迫っていたものが、肩に喰らいつこうとしていた。刀の柄を叩き込んだ僕は、体の向きを変えて後ろに下がりつつ刀を構えた。

靄に紛れて隠れようとする〝それ〟は、赤い十二単をまとった長い髪の女の人だった。それも陶器の人形のようで、人が持つ温かみをまるで感じない。

（あれが正体か……）

手が汗ばんできて柄を握り直した。

それは、『怨霊』と呼ばれるもの――。

人の恨み、憎しみ、苦しみから生み出される怨念の塊。それらは贄を欲するがごとく、生きる者を道連れにしようとする。憐れな人の魂のなれの果てというべきもの。

怨霊は同じように、恨みや悲しみを宿して彷徨う行き場のない魂を引き寄せ、その内に取り込もうとする。あの人魂のようにだ。

「これも世のため……悪く思うなよ」

僕は一人呟き、両手で刀を振り直した。

「討魔士、狐ヶ咲甘色、推して参る！」

瞬時に飛び出し、その姿が完全に消え去るより先に距離を詰める。

屋根瓦を蹴って宙を舞い、両手で握った刀を真っ直ぐ振り下ろしたものの、怨霊の頬に当たっただけで断ち切れず、刃が滑る。

「ややっ！」

反動でよろめき片膝と片手をついたが、尻餅だけはつかずにすんだ。

これは怨霊を斬るために打ち鍛えられた討魔の刀。相手が怨霊ならば、斬れぬはずなどない。それなのに、先ほどの一撃の手応えは、まるで硬い岩のようだった。

渦巻く靄の中央に浮かんだその怨霊は、眼をジッと僕に向けている。

唇は動いていないのに、囁くような笑い声が漏れていた。一人ではない。数人が同時に笑っているような声だ。その内側に、いくつもの人魂を取り込んでいるのだろう。そのため、怨念の力が増している。

「……一筋縄ではいかないようだね」

僕は呟いて、スッと立ち上がる。度々、この山の近辺で不穏な影の目撃情報が寄せられていた。数日前、他の討魔士たちが調べるために訪れたところ、この怨霊が姿を現したと聞く。

怨霊は僕に狙いを定めたのか、十二単の裾をズルズルと引きずりながら追いかけてくる。

僕はお堂の屋根の上で宙返りしながら、その刀の切っ先を怨霊に向けた。

右腕を斬り落としたけれど、すぐにもとに戻ろうとする。すぐさま、僕は胴を断とうとした。

「……っ！」

背後から這うように迫った黒髪が、首に巻きつく。体を引きずられた僕は、喉にくい込むその髪を咄嗟につかんだ。

（しまった……っ！）

怨霊は僕を靄の中に少しずつ引き寄せようとする。

踏ん張ろうにも足が宙に浮いているため力が入らず、もがくことしかできない。

『甘色、今度の相手はかなり手強いようだ。油断するでないぞ』

ババ様が出がけに話していたのを思い出す。

事前に、この怨霊についての報告は聞いていた。数日前この怨霊と遭遇した討魔士たちは苦戦の末、数名の負傷者を出し討伐に失敗している。明らかに低級や中級の怨霊ではない。相当に危険な怨霊だ。

絡みつく髪に喉を絞め上げられ、息をするのもままならず意識が遠のきそうになる。ここで気を失えば、体ごと怨霊に取り込まれるだろう。

そうなれば――。

怨霊の顔がすぐ間近に迫り、その口が大きく裂けるように開いた。

刀の柄から手を離しそうになり、しっかりしろと自身に言い聞かせるように唇を強く噛む。その痛みのおかげで、少しばかり意識がはっきりとした。

僕が眼に刃を突き立てると、怨霊は甲高い叫び声を上げて後ろに下がる。

今だと、僕は首に絡みついている髪を刀で切り裂いた。

逃れたところで大きく息を吸い込み、痛む喉に手をやる。

(せめて、あと一太刀……)

後退りしながら刀を構えると、面の内側を伝った汗がポタッと落ちた。


「甘色ちゃん、遅くなっちゃった。ごめんね〜！」

のんびりした姉の声がして、僕は弾かれたように顔を上げる。

「桃色姉さん！」

高く飛び上がった桃色姉さんが、細い体に見合わない大太刀を振り下ろすところだった。

怨霊どころか、お堂ごと一刀両断しそうな勢いだ。

その重い一撃で、怨霊の右半身が大きく削られる——まではよかったのだけれど、一緒に屋根の一部が崩落し、瓦や木切れが鎮座する仏像の頭の上に落ちていった。

「桃色姉さん！　ややっ、お堂が————っ！」

僕はお堂を指さす。

「あら〜っ、古いお寺だから、きっと屋根が傷んでいたのねぇ」

姉さんは目を丸くしながら、かろうじて形を止めている屋根の上にストンと着地した。

(桃色姉さん……)

姉さんが来てくれなければ僕の身も危うかったのだし、助かったのだけれど、できれば もう少し慎ましく登場してほしかった。いや、それは望むべくもないこと。

姉さんはふんわりした雰囲気の人ながら、扱う武器は大太刀だ。大柄で屈強な男の人で すら持て余すような重量と大きさのあるその大太刀を、自由自在に振り回す。

ただ、あまり細かいことを気にしない、よく言えばおおらかな性格なため、怨霊も怨霊 でないものもまとめて叩き切ってしまう。怨霊どころか、生きとし生けるものまとめて木っ端微塵にすると、怖れられる所以だった。

「あ〜も〜っ。桃色お姉ちゃん、待ってよ〜っ！」

遅れてやってきた妹の夢色が、ピョンッと屋根の上に飛び降りてくる。崩れたお堂の一部を目にして、「うわぁ……」とドン引きしたような声を漏らしていた。

「これ、桃色お姉ちゃんがやったの……？　ババ様、絶対お冠じゃん」

「甘色ちゃん、夢色ちゃん、気をつけて。この怨霊、なんだか危なそうよ〜？」

姉さんはにこやかに言いながら、大太刀を構える。

「桃色お姉ちゃん……」

「桃色姉さん……」

僕も夢色も、少し遠い目になった。

怨霊は人魂を取り込み、削られた半身はすでにもとのように戻っている。怨嗟の声を漏らしながら、怨霊がゆっくりと顔を動かした。その長く伸びた黒髪は屋根の上を這い回っている。

「うっ……うちの苦手なタイプじゃん」

夢色が扱うのは短刀だから、髪や腕が伸びる怨霊相手では確かに分が悪そうだ。

「僕が正面から行く。夢色は背後を」

桃色姉さんは言わずとも、真っ正面から首を狙いにいくだろう。

僕は柄を両手で握り直し、「いざ！」と飛び出した。

怨霊の髪や腕が、僕らを捕らえようと伸びてくる。僕はその腕に切っ先を突き立て、一気に切り裂いた。

背後にまわった夢色が高く飛び、一回転してその首筋を断とうとする。けれど、直前で怨霊がぐるりと首を後ろに巡らせたものだから、「うげっ！」と声を上げていた。

「うちに見とれてんなっつうの――っ!!」

そう叫んだ夢色は、その顔をガンッと下駄で蹴りつける。

迫る髪をかわして背中に一撃を入れると、高く飛び上がって宙で一回転する。

首に斬り込み、すぐさま顔面に刃を突き立てていたがやはり刃ははね返されていた。

「かたっ！」と、驚きの声を上げた夢色が、後ろに飛び退く。岩の如き怨霊の顔面には、やはり傷一つついていないようだった。

僕は「奥義！」と、攻撃に移ろうとした。

「甘色ちゃん、夢色ちゃん、危ないわよ～」

桃色姉さんの声にハッとして振り向くと、大太刀が勢いよく回転しながら飛んでくる。

僕と夢色はギョッとして、反射的にそれをかわした。

大太刀は周囲の靄ごと怨霊の胴を切り裂き、松の木に深く食い込む。

「ややっ！」

やはり、怨霊より怖ろしきは、桃色姉さんの大太刀だ。

「桃色お姉ちゃん!! むやみに振り回さないでよ。うちらまで巻き込まれるところだったじゃんっ！」

「外しちゃった？ ごめんね～」

桃色姉さんは頬に手をやって首を傾げる。そののんびりとした様子に、夢色は体から力が抜けたようにがっくりして、ため息を吐いていた。

「桃色お姉ちゃんと一緒に仕事するの、もうやだ～っ！」

怨霊は呻くような低い声を漏らし、衣の裾を引きずって後退する。

「逃がしはせぬっ！」

僕は屋根を駆けながら、刃に触れる。

刀に宿った紫の炎を、勢いよく放った。けれど、その炎の刃が届く直前で、怨霊の姿も気配もスッと闇に消えてしまう。

靄の向こうはおそらく怨霊が跋扈する異界だ。

そこに逃げ込まれると、いくら討魔士といえども人の身では追えない。あの怨霊もかなり力を消耗したはずだから、それが回復するまでは姿を見せることはないだろう。

(任務失敗だなんて……口惜しいが、深追いは禁物か)

僕はため息を吐いて、刀を鞘にしまう。

その直後、メリッという不吉な音がした。

恐る恐る見れば、大太刀の食い込んでいる松の木が半分に折れ、ゆっくりとお堂のほうへと傾いている。

僕らは冷や汗まじりに顔を見合わせ、「ややっ!」、「うそーっ!」、「あらっ」と三者三様の声を上げて屋根から飛び降りた。

メリッ、バキッ、ズドンッと音が響き、地面が震動する。

お堂の半分を下敷きにして倒れている松の木を、仏像が虚ろな眼で眺めていた。

「どーするの、これ。始末書だけじゃ、許してもらえないよ!! うち、お小遣い減らされるの、嫌だからね!」

夢色が青くなって、無残な姿を晒すお堂を指差した。

「うーん、これはきっと怨霊のせいね。危機一髪だったわ〜」

「お姉ちゃんの大太刀のせいじゃんっ。そんなことだから、怨霊よりも怖ろしい狐ヶ咲の怪力娘とか言われるんだよっ！」

そんな会話をしている二人の横で、僕はガクッと地面に両膝をつく。

「僕としたことが……面目ないよ」

（ババ様にどう報告すれば……っ！）

屋敷に戻ると、僕らはすぐに離れの部屋に呼びつけられた。そこは我らが狐ヶ咲一族の当主、狐ヶ咲虹色の居室だ。僕らの祖母であり、師匠でもあるババ様だ。
床の間には『臥薪嘗胆』と書かれた掛け軸と、長刀が飾られている。
この部屋の張り詰めた空気が、僕は幼い頃から少々苦手だ。ここに呼び出される時は決まって、ババ様の雷が落ちる時だったから。おそらく、今宵もそうだろう。
正座しているババ様がすっかりお怒りなのは、面をつけていてもわかる。全身から怒気が漲っていて、普通の狐の面が鬼の面に見えてくるほどだ。

いつもなら寝床に入っている時間なのに、今日はまだ寝間着に着替えてもいない。僕らの帰りを待っていたのだろう。

「ただいま戻りました、ババ様……」

僕は下を向きつつ、恐る恐る口を開いた。

「三人とも、ご苦労だった。ずいぶんと華々しい活躍をしたらしいじゃないか。なんでも樹齢百年になるお寺の松をぶった切り、お堂を倒壊させたのだとか」

僕らの帰宅より先に報告が入っていたのだろう。横並びで正座した僕らは返答に窮する。

「それは……桃色お姉ちゃんの仕業だから、うちらがやったわけじゃないけど」

横を向いた夢色が、ポツリと不満そうな呟きを漏らした。

「それだけの大立ち回りをしたのだからもちろんのこと、怨霊は退治できたのだろうね。よもや、取り逃がしたなどという無様な失態をするはずがないと思っているけれど……どうなんだい、甘色」

名前を呼ばれた僕は、「はいっ!」と返事した拍子に舌を噛んでしまった。まさに蛇に睨まれた蛙の心境だ。

「ごめんなさい、ババ様! 怨霊は……取り逃がしてしまいました……」

僕はガバッと頭を下げる。ババ様が無言になったのがなかなか怖ろしい。緊張のせいで背中が汗ばんでくる。

僕の顔を見てから、慌てて口を開いたのは夢色だ。

「甘色お姉ちゃんだけじゃないよ。うちらもしくじったし……っ！」

夢色はシュンッとして、「ババ様、ごめんなさい」と一緒に謝ってくれた。僕を庇ってくれようとしたのだろう。

「ババ様、甘色ちゃんや夢色ちゃんのせいじゃないわ。私がしっかりしていなかったからですもの。それに、お寺のお堂と松は……」

桃色姉さんがスッと横を向き、「怨霊の仕業です」と澄まして答えた。

あまりにも堂々とした言い訳に、ババ様の沈黙がさらに長くなる。

僕も夢色もヒヤヒヤしながら、顔色をうかがう。といっても、面をつけているから表情は見えない。

いつものように叱責の声が飛んでくるかと思ったけれど、ババ様は呆れたようにため息を吐いただけだった。

「……お前たちの言い分はわかった。夢色、お前は最近気が緩みがちだ。もう少し真剣に稽古に打ち込まねば、いずれ足をすくわれることにもなろう。修練を積み重ねることでしか、己の身を守れぬものとよく心せよ」

「はーい、ババ様……」

夢色は不服そうにしながらも返事をする。

「甘色」

「はい……っ！」

僕は膝の上で手を強く握り、緊張しながら返事をした。

「人に仇なす怨霊を滅するのが、我ら討魔士のお役目だ。『狐ヶ咲　黒漆　祓拵　為次』を受け継ぐ者として、肝に銘じておかねばならぬ。よいな？」

「申し訳ありません、ババ様……」

一度逃した怨霊はよりいっそう怒りや恨みを募らせ、再び現れた時には凶暴化していることもある。人に害をなすものを、このまま放っておくわけにはいかない。あの怨霊を捜し出し、今度こそ誅滅しなければならないだろう。

気落ちしていた僕は、「ババ様」と顔を上げる。

「次はしくじらぬよう、必ずや討魔士としてのお役目を果たしてみせます」

「それはもうよい」

僕は「えっ！」と、当惑してババ様を見る。

夢色も桃色姉さんもどういうことなのかと、困惑したようにお互いを見ていた。

「この怨霊の討伐は、他の者らに任せることにした。お前たちは、後で報告書をまとめておくように。それでこのたびのお役目は終わりだ」

（僕らの手には負えないと判断されたのか……）

ババ様は「それと……」と、僕らを見回して話を続ける。

「怨霊を逃した罰として、明日からは一時間早く朝稽古をするように。夢色、お前もだよ」

ババ様にジロッと睨まれた夢色は、「ええ〜っ！」と声を上げる。

ただでさえ、朝の五時から稽古をしているのに、それよりも一時間も早く起きなければならないのは中学生の夢色にはなかなか辛いだろう。がっくりと、肩を落としていた。

とはいえ、怨霊を取り逃がしたのは僕らの失態だ。罰としては軽いほうではある。山ごもりの修行を命じられなかっただけ、まだ大目に見てくれているのだろう。それに、日々の修練は大事なお役目の一つでもある。

ババ様の言う通り、いささかたるんでいたのかもしれない。ここらで、気持ちを引き締めることも必要だろう。

(朝ご飯の支度は、稽古が終わってからだね……)

朝ご飯とお弁当を作るのは、学校に行く前の僕の日課だ。

「桃色はここに残るように。お前とは話をしなければならぬようだ。じっくりとな……」

ババ様が懐から取り出して広げたのは、『被害報告書』と書かれている紙だ。

騒動の後、お寺の人たちが飛び出してきて、倒壊しているお堂をあんぐりと見ていた。

「……心当たりがあるだろう？」

ババ様に尋ねられた桃色姉さんは、「まったくありません」と白を切る。

「……いい度胸だ、桃色」

ババ様はスッと立ち上がり、床の間の長刀に手を伸ばした。桃色姉さんも横に置いていた大太刀の柄をつかんで、すでに腰を浮かせている。

「ああ～、そうだ！　うち、明日の稽古に備えてもう寝なきゃ！　お休みなさーいっ！」

マズいとばかりに顔を強ばらせた夢色が、襖を勢いよく開いて一目散に部屋を飛び出した。グズグズしていると巻き込まれると思ったのだろう。僕も刀をつかんで立ち上がる。

「それでは、おやすみなさい。ババ様、桃色姉さん！」

ペコッと頭を下げ、急いで部屋を出て襖を閉めた。

安堵して息を吐いていると、バンッと大きな物音がして真っ二つになった襖が吹っ飛ぶ。

僕は「ひえぇっ！」と、頭を抱えてしゃがんだ。

「桃色っ！　毎回、あちらこちら破壊しおって。加減というものを知らんのか！」

「心外だわ、ババ様。私のせいじゃありませんよ～？」

長刀を構えたババ様と大太刀を構えた桃色姉さんが、龍虎のように対峙しているのが見えて、僕は脱兎の勢いでその場を離れた。

（触らぬ神に祟りなしというからね……っ！）

壱

狐ヶ咲甘色、それが僕の名前だ。狐ヶ咲は、代々怨霊退治を生業とする『討魔士』のお役目を担ってきた一族だ。

桃色姉さんも僕も、妹の夢色も、昼間は討魔士を養成する専門の学校に通い、夜は世の安寧を脅かす怨霊の退治を請け負っている。

一族の者は討魔士となるのが定めで、僕自身この道を進む以外に考えたことはない。ババ様だけではなく、母も、父も、同じ道を歩んできたのだから――。

強い恨みや憎しみ、妬みや未練など、怨念を抱えた魂は、彼岸へ渡ることなくこの世に留まり、その魂が荒ぶるままに人々に害をなす。

それらを討伐し、鎮めるため、怨霊退治の仕事をするのが『討魔士』だ。

討魔士はそれぞれの一族に伝わる武器を所持している。狐ヶ咲が扱うのは『刀』だ。桃色姉さんは大太刀、夢色は短刀。そして、僕が使うのが『狐ヶ咲　黒漆祓拵　為次』という刀だ。

この刀をババ様から託された時、嬉しいよりも、怖いという思いのほうが強かった。この刀は一族の中でも最も才ある者に受け継がれる刀だと聞いていたから。

この刀に見合うほどの実力を、僕はまだ身につけてはいない。修行中の身であり、一族の中では若輩だ。僕より才ある者はいくらでもいる。それを受け継ぐ責務はあまりに重いと思えた。

けれど、柄を握った時の全身が震えるような、まるで自分の魂の片割れを見つけた時のような、ぴったりと手に収まる感覚は忘れもしない。

ババ様は『それは、刀がお前を主と認めた証だ。その刀に恥じぬよう精進せよ』と、話してくれた。

どんな名刀も扱う者が未熟であれば鈍刀に等しい。その本来の力を発揮するためには、己が精進し、鋼を鍛えるがごとく鍛錬するしかない。今は未熟であっても、いずれは刀に見合う使い手となれるように。

朝稽古の後、庭に出ていた僕は、地面に突き立てた巻き藁の前で居合いの体勢を取る。目を閉じて感覚を研ぎ澄まし、斬ることのみに意識を集中させると、大きく踏み込んだ。刀を鞘から抜いた瞬間、藁がパッと散って、切断された巻き藁が地面に転がる。

「ややっ、まずまずかな……？」

僕は刀を鞘に納め、巻き藁に歩み寄った。転がっている半分を拾い上げた時、ガラス戸が開いて夢色が顔を出す。

「甘色お姉ちゃん、まだ、稽古してたんだ。早く朝ご飯にしようよ～。学校に遅刻しちゃうよ！」

今朝、道場で一緒にババ様の稽古を受けていた夢色は、一足先に戻ってシャワーを浴び、制服に着替えていた。

起きた時にはまだ薄暗かった空も、すっかり日が出て明るくなっている。

「ごめん、ごめん。すぐに行くよ。夢色、桃色姉さんを起こしてきてくれる？　きっと、まだ寝ているだろうから」

僕が巻き藁を片づけながら頼むと、「ええ～」と夢色は顔をしかめた。

「桃色お姉ちゃん、絶対起きてこないよ……」

そうブツブツ言いながらも、ガラス戸を閉めて桃色姉さんを呼びに向かう。澄んだ青空を見上げると太陽が輝いていて眩しかった。

「ここで一句」

僕は面に手を添え、しばし思案する。

「フワフワの、布団で寝たい、ああ寝たい……」

俳句を思いつくと、「ふふっ」と笑った。

「……ややっ、僕は天才かな？」

僕が通っているのは、『京都国立　討魔士官大学付属　高等学校』という学校だ。夢色は中学校、桃色姉さんは大学に在籍している。

学校に通っているのは討魔士の一族の子弟、門弟ばかりで、専門の授業を受けていた。

登校する生徒たちは、僕と同じくお面をつけている。女子のほうが多いけれど、男子もそれなりにいた。僕がつけているのは狐ヶ咲の一族の証でもある狐のお面だ。兎の面や鼠の面、猫の面など、流派や一族ごとに種類が違う。面で区別するためでもあるけれど、理由はそれだけではない。

討魔士には、共通して決まっている掟があった。それは、素顔を絶対に見せてはならないというものだ。もし、面が外れて素顔を見られると、その相手と結婚しなければならない。だから、お面を人前で外すことはない。友人の前ではもちろんのこと、通学の時も、授業中もだ。

近隣の人たちは討魔士の学校の生徒たちだと知っているから、特に不思議そうな顔をすることはない。もうすっかり、慣れているのだろう。

僕は欠伸が出そうになるのを我慢する。うっかりすると、眠気に負けてしまいそうだった。

(今朝はいつもより、早く起きたせいかな……)

体がまだ、慣れていないのだろう。怨霊が跋扈するのは主に夜更けだ。そのため、討魔士である僕らも夜中心の生活になる。朝が弱いのもそのためだ。

学校の正門を通り抜け、ぼんやりしながら校舎に向かっていた僕は、急に後ろから抱きつかれて、「ひゃっ!」と声を上げた。

「甘色〜、おっはよ〜っ!」

抱きついたまま挨拶をしてきたのは、猫の面をつけた栗色の髪の女の子だ。

「麻緒ちゃん、おはよう」

僕は挨拶を返してから、「やや?」と振り返る。

「なんだか、いい匂いがするね」

クンッと匂いを嗅いで言うと、麻緒ちゃんは嬉しそうに「ムフフ」と笑った。

「やっぱり甘色は鋭いね。シャンプーとコンディショナーを変えてみたんだよ〜」

「おはようございます、甘色さん、麻緒さん」

僕の隣にやってきた茜音ちゃんが、ペコッと会釈する。

茜音ちゃんも、麻緒ちゃんと同じく僕の友人だ。背中の真ん中まで伸ばした黒髪は絹糸のように艶やかで、椿のいい香りが微かにする。彼女がつけている面は兎だ。

「おはよう、茜音ちゃん」

「おはよ～、茜音」

二人に挟まれながら、僕は校舎へと向かった。

この日の一限目は武芸の授業だ。長刀の稽古だから、更衣室で道着と袴に着替えて道場に向かう。

授業までまだ少し時間があるため、みんなは準備をしながら雑談している。僕は麻緒ちゃんや茜音ちゃんと一緒に並んで正座し、襷を結んでいた。

「甘色の昨日のお役目、なんだか大変だったみたいだね」

「それほどに難敵だったのですか？」

どうやら、昨晩、僕たちが怨霊討伐に失敗したことは、もう広まっているようだ。恥をさらすようでいたたまれないけれど、逃げた怨霊の情報は討魔士同士で共有しなければならない。次にまたどこに出現するかわからないからだ。

二人とも討魔士の一族の中でも名門だから、いち早く情報は入っているだろう。

気づけば片結びにしてしまっていた襷を、僕はため息を吐きながら解く。

「難敵とはいえ、逃したのは僕の未熟さのせいだ。精進しないとね」

他の討魔士の人たちにも、迷惑をかけることになってしまう。これでもし、あの怨霊が人に危害でも加えようものなら責任を感じずにはいられない。

「お姉さんも妹さんもご無事だったのでしょう？　甘色さんにも怪我はないようですし……巻き込まれた人もいないのですから、よかったですよ。私だったら、まったく歯が立たなかったかもしれません」

お寺の松とお堂には被害を与えてしまったけれどねと、僕は心の中で苦笑する。

「その前には負傷者も出ていたようだし、甘色が逃がしたってことは、相当なヤツってことでしょ。か弱い乙女の出る幕じゃないよ」

「か弱い乙女、でしょうか？」

「か弱いの部分はともかく……乙女であるのは紛れもない事実じゃん！」

首を傾げて茜音ちゃんがきくと、麻緒ちゃんがそう答えて胸を張る。

「そうですね」

茜音ちゃんはクスッと笑って、案じるように僕を見た。

「あまり、気にしないほうがいいですよ。他の討魔士の方々も捜索に加わるようですから」

察しがいい茜音ちゃんは、僕が落ち込んでいたことに気づいたようだ。

麻緒ちゃんも、「そうだよ！」と大きく頷く。

「うちの家からも助っ人を出すって、お父さんが話してたしね。甘色は真面目すぎなんだよ。色々大変だから気負っちゃうのかもしれないけど」

「そういうわけではないけれど……ただ、ちょっと悔しくて！」

僕は怨霊を取り逃がした己のふがいなさが腹立たしくて、拳を強く握る。昨晩も寝床に入ったのはいいけれど、反省することが多くてあまり眠れなかった。

「そういうところが、甘色なんだよね～」

「……そうかな？」

僕は戸惑い気味に、麻緒ちゃんを見る。

「甘色さんのいいところ、という意味ですよ」

茜音ちゃんが僕の前にやってきて、モタモタしている僕の代わりに襷を結んでくれた。

「その怨霊ってさ、どんなヤツだった？」

「私も聞きたいです。報告書には十二単を着た女性の姿の怨霊とありましたけど……」

麻緒ちゃんと茜音ちゃんの声が、真剣なものに変わる。二人とも、自分たちが遭遇した時のことを考えているのだろう。

僕は昨晩の記憶を辿りつつ、二人に怨霊の特徴を話す。顔は硬くて刀では断ち切れなかったことや、髪や腕が自在に伸びてくる点、靄に紛れて姿を現すこともだ。

「正体が人形ということも考えられるかもしれませんね……何かの呪詛をかけられていた

り、魂が依りついたような」

茜音ちゃんが面の口もとに手をやって呟く。

「千年くらい怨念をため込んでいたやつが、どこかの塚が壊された拍子に出てきちゃったとか、そういうやつかもよー。どっちにしろ、厄介そうだよね」

麻緒ちゃんは顔をしかめ、「うわぁ……」と声を漏らした。

「塚の場所はうちでも大方把握していますけど、壊されたという話は今のところ入ってきていないですよ？」

「うーん……じゃあ、どこかの屋敷に埋まっていたのが掘り起こされたとか、工事をしている時に出てきた、とかじゃないかなー？」

「その可能性はあるかもしれませんね。甘色さんも、怨霊の捜索に加わるのでしょう？」

茜音ちゃんに尋ねられた僕は、「あっ、いや……」と言葉を濁す。

「それが……ババ様に止められてしまったんだ」

当分の間は夜まわりと待機、もしくは中級や低級の怨霊退治のお役目になるだろう。もちろん、それもおろそかにはできない大事なことではある。

別の怨霊がどこかに出没しないとも限らない。ただ、やはり討ち損じた怨霊のことが気がかりと言えば、気がかりだ。

（この手で倒したかったと思うのは……驕りかな……）

僕は自分の手を見つめる。討魔士は怨霊を討伐するのが役目。その目的は怨霊から人の世を守護することであり、決して己の力を誇示するためではない。僕は昨晩からずっと引きずる悔しさを、ギュッと握り潰す。

(僕は己に与えられた役目を果たすだけだ……)

あの怨霊は他の者に任されたのだから、僕が案ずることではない。この間に、十分頭を冷やして反省しなければ。ババ様もおそらくその考えのはずだ。

ぼんやり考えていると、麻緒ちゃんが後ろからギュッと抱きついてきて、僕の背中に体重を預けてくる。

「お役目のことはひとまず忘れてさ。たまには思いっきり羽目を外して遊んじゃってもいいと思うんだよね～。あたしらは、花も恥じらう女子高生でもあるんだよ？」

「私も賛成です。どうでしょう……放課後、一緒にパフェでも食べに行きませんか？」

茜音ちゃんも後ろで長刀を持ちながら、ひょいっと僕の面を覗いてくる。

(パ……パフェ!!)

その甘美な響きに、フラフラと心が揺らぎそうになった。定番の抹茶パフェがいいかな。それとも、黒蜜やきなこがたっぷりかかっているわらび餅パフェがいいだろうか。なんて、想像を膨らませていた僕は、「いけない、いけない」と甘い誘惑を頭から振り払った。

(ババ様にいつも言われているじゃないか！)

討魔士たるもの、常に己を律し、いついかなる時でも揺らぐことのない堅強な意志を持たねばならない。

ババ様なら、『パフェなどという甘味につられて浮かれるなど、言語道断！』と僕を戒めるはずだ。

我が家では甘い物は禁止されていて、お饅頭も、大福も、みたらし団子も食べることを許されてはいない。

ババ様に内緒で甘い物を食べたのが知られたら、お説教だけではすまないだろう。

「この前、期間限定のみたらし団子パフェが特集されてたんだよね」

「あっ、それ、私も見ましたよ。雑誌で紹介されていたお店ですよね。人気で行列もできているとか」

麻緒ちゃんと茜音ちゃんの会話に、僕の耳がピクッと動く。

「今なら、もちもちのお団子が増量中なんだよね！」

「あのお店のみたらし団子は大きくて食べ応えがあるから、きっとおいしいですよ」

もちもちで、大きな団子が増量中のみたらし団子パフェ――！

飴色に輝いているみたらし団子のパフェが頭に浮かんできて、僕はつい引き寄せられるように二人の会話に加わりたくなった。

「甘色の大好きなみたらし団子だよ〜？」

僕にギュッとしがみついたまま、麻緒ちゃんが笑って言う。

「たまには、いいかもしれませんよ？　ね？　甘色さん」

茜音ちゃんが腕を絡めて、にこやかにきいてきた。

二人に挟まれた僕の心の天秤は、パフェのほうに大きく傾きそうになる。

（ダメ、ダメッ！）

拳を握った僕は、心の迷いを断ち切って顔を上げた。

「僕は甘い物が得意ではないし、みたらし団子は実を言うと、そんなに……好きではないんだ。それに、今は減量していて……だから、せっかくだけど遠慮しておくよ。二人は僕のことなど気にせず、行ってくるといい。きっと……すごく……ものすごく……おいしいだろうし。お団子も増量中だし。もちもちで、大きくて食べ応えがあるだろうし」

僕の声がだんだん萎んでいく。みたらし団子パフェが遠ざかっていくのを、僕は心の中で泣く泣く見送るしかなかった。

ババ様なら、『厳しくあってこそ、修行の道』と戒めるだろう。

「へぇ、甘色って、みたらし団子が好きじゃないんだ～？」

「それは知りませんでした……いつも、甘味処の前で立ち止まるから、てっきりお好きなのだとばかり」

「そうそう。みたらし団子の匂いにはいち早く気づくよね～？　お祭りに出ていたお団子の屋台を木の陰から見つめていたこともあるでしょ。まるで、片思いの相手を見つめるような切なそーな様子で。なんでかなぁ～？」

麻緒ちゃんが『ほれほれ、白状しろ』とばかりに、頬を寄せてくる。僕はギクッとして、自分の胸に手をやった。

「それは、甘い匂いがしたからで……食べたいなんて思っていたわけではないさ！」

二人に目撃されていたのがひどく恥ずかしくて、お面の下で僕の顔が赤くなる。

「甘色さんは、かわいいですよね」

茜音ちゃんが自分のお面に手を添えながら、クスッと笑った。

麻緒ちゃんも、「つい、からかっちゃいたくなるよね～」と楽しそうな声で言う。

授業の時間になり、「ほら、時間よ。整列！」と道場にやってきた女性の先生が手を叩いて促す。

僕らは顔を見合わせると、長刀を持って急ぎ足で先生のもとに向かった。

学校が終わって家に戻った僕は、奥の座敷で浴衣に着替える。

紺色の浴衣に赤い帯だ。古い姿見の前で四苦八苦しながら帯を結んでいると、大学から戻った桃色姉さんが、見かねたように手伝ってくれた。

「今日のお役目、甘色ちゃん一人になっちゃうけど……大丈夫？」

たたみに両膝をついた桃色姉さんが、帯や浴衣の裾を整えてくれる。

「ややっ、夜まわりだけなら、僕一人でも十分さ」

いつもの制服ではなく浴衣に着替えているのは、祭りの警備を任されているからだ。大勢の人が集まる祭りで、討魔士の制服を着てうろついているとさすがに目立ってしまう。怨霊が現れるのではと、楽しんでいる人たちにいらぬ不安を与えかねないため、今夜の夜まわりは浴衣で行くことにした。

桃色姉さんと夢色は、別のお役目がある。

桃色姉さんは「はい、できた」と、立ち上がった。姿見で帯を確かめると、かわいく蝶結びにしてある。

「ありがとう、桃色姉さん」

「どういたしまして。私たちも終わったら、そっちに向かうわね」

「桃色姉さんたちは怨霊退治があるだろうし、僕なら大丈夫だよ。それに、警備を任されている人は他にもいると聞いているから」

(それに、桃色姉さんがやってきて、怨霊と鉢合わせでもしたら……)

僕はブルッと小さく身震いした。姉さんと怨霊が暴れ回ったら、それこそ祭り見物どころではなくなるだろう。

「せっかくのお祭りなんだから、甘色ちゃんもちょっとくらい楽しんできたらどう？　屋台もたくさん出ているでしょうから」

「そういうわけにはいかないよ。お役目なのだし」

人が大勢集まる場所は、怨霊を引き寄せやすい。祭りの警備を行うのもそのためだ。油断大敵と、僕は気を引き締める。

その時、部屋の襖がパッと開いて夢色が入ってきた。制服のままだから、学校から帰ってきたところなのだろう。

「ただいまー……って、あれ？　甘色お姉ちゃん、なんで浴衣を？」

「祭りの警備だからね」

そばにやってきた夢色は、「ええ〜っ！」と羨ましそうな声を上げる。

「いいなぁ、うちもそっちのお役目がよかった。浴衣着たかったたし、お祭りも一緒に楽しめたのに〜！」

「遊びに行くわけじゃないよ。夜まわりだけだからね」

「そうよ。夢色ちゃんに任せたら、遊びたくてウズウズするじゃない」

桃色姉さんが指で夢色のお面を、ツンッと小突く。

「だってー。お祭りなんて、なかなか行かせてもらえないし……今回のお役目、桃色お姉ちゃんなら一人でも十分なんじゃないかなぁ～？　むしろ、そのほうがいいって言うか？　お姉ちゃんの姿見たら、怨霊も恐れおののいて引っ込んでるだろうし～。うち、いなくてもいい気がするんだよね。それに、お祭りの警備のほうが人手がいるでしょ！」

夢色は「ねっ、お願い！」と、桃色姉さんの腕にギュッと抱きつく。

「ん～っ、そうね。ババ様がいいって言ったらいいわよー？」

桃色姉さんは顎に手を添えながら、少し意地悪く言った。

「それ、絶対無理じゃん！」

夢色はがっくりしてから、ピョンッと跳ねるように僕のほうにやってくる。

「甘色お姉ちゃ～ん。うちもお姉ちゃんとお祭りの警備に行きたいなぁ～。なんなら、代わってくれてもいいよ。お姉ちゃんは、怨霊を滅多斬りにしたいだろうし～」

「交代するのはかまわないけれど……やっぱりババ様には聞かないとね」

「もーっ、二人ともケチ！　うちもお祭りの警備がいい～っ！」

駄々をこねるように、夢色はその場で足踏みする。

僕はチラッと桃色姉さんの様子をうかがった。

任務に関することはババ様が決めることになっている。けれど、桃色姉さんがいいと言えばババ様も大目に見てくれるだろう。僕らのことは、年長者である桃色姉さんの裁量に委ねられているからだ。

「そうねー。夢色ちゃんが頑張ってくれて怨霊退治が早く片付けば、お祭りの警備にも加われるかもしれないわね。甘色ちゃんも一人じゃ大変でしょうし」

「だったら、うちも浴衣に着替えて行っていい⁉　甘色お姉ちゃんみたいな浴衣が着たい～っ！」

夢色は途端に嬉しそうな声になり、桃色姉さんの腕を引っ張る。

「いいけど、終わってからよー？」

「うーん……わかった！　すぐに終わらせるから！」

夢色は「準備してくる！」と、忙しなく部屋を出ていく。

僕は「夢色、張り切っているね」と、苦笑した。

桃色姉さんは最初から、怨霊退治が終われば僕と合流してお祭りの警備に加わるつもりだったのだろう。そうとは知らないで、夢色はすっかり桃色姉さんにのせられたようだ。

「さあ、夢色ちゃんの浴衣も出しておかないと……ついでに、私も浴衣、着ようかしら。新しく買っちゃったのよね」

桃色姉さんは楽しそうに言いながら、タンスの引き出しを開いて浴衣を用意する。

遠くのほうで、祭りの始まりを知らせる花火がパンッと鳴っていた。

屋台が出て人が集まり始めている頃だろう。

これはお役目で、気を引き締めておかなければならないと思いながらも、ほんの少し心が浮き立つ。

（お祭りに行くのなんて、何年ぶりかな……）

弐

夜の冷えた風が心地よく、僕は屋根の上に腰をかけながら、時々花火の上がる空を眺める。

日が落ちると、通りに飾られた提灯の灯りがより鮮やかに映えていた。祭り見物をする人たちの楽しげな声が、少し遠く思える。

夜まわりのお役目は嫌いではない。日暮れから夜にかけて変わる空の色を眺めているのも、風と共に流れていく夜の香りも。

街の様子を見ながら、人々の日々の暮らしに思いを馳せることも。

それに、今日は祭りの日。狭い通りに並ぶ屋台からは、おいしそうな香りが漂ってくる。

僕はクンッと匂いを嗅いだ。

「ややっ！　これは、みたらし団子の匂いだね」

どこかで、焼き団子を売っているのかな。

僕は頬杖をつきながら通りを歩く人たちを眺める。

浴衣姿の人も大勢いた。両親と手を繋いだ子どもが、お面の店の前で立ち止まり、狐の面を指さしてせがんでいる。

『甘色……みたらし団子、食べようか？』

『本当⁉　いいの？』

『今日だけは特別ね……でも、お婆様には内緒よ？』

『うんっ！』

懐かしい記憶がきらめく灯りの中にぼんやりと浮かんできて、僕は目を細めた。

甘いタレがからまった、香ばしく焼けたお団子の味が忘れられなくて、今も団子が売られていると足を止めてしまうことがある。

想像を巡らせているだけでお腹がグーッと鳴り、「いけない、いけない」と僕は首を横に振って立ち上がった。

今は夜まわりの最中だ。今のところ怨霊の気配はないけれど、気を緩めるわけにはいかない。

このまま平穏無事に夜が更けてくれればいいけれど――。

そう思いながら、僕は隣の家の屋根にひらりと飛び移る。人のいない細い脇道に降りると、毛繕いをしながらまどろんでいた猫がすぐさま飛び起きた。

「ああ、ごめんね。驚かせるつもりはなかったんだ」

僕が謝ると、猫はプイッとそっぽを向いて一目散に逃げていく。その後を追うように、僕は表の通りに出た。

屋台の並ぶ通りは、人がひしめき合っていて賑やかだ。

僕は目立たぬように刀袋に入っている刀を携え、辺りを見回す。

混雑しているうえに、屋台の前には行列ができているため、進むのもままならない。

同じように浴衣を着て警備をしている討魔士たちと、幾人かすれ違った。狐ヶ咲の家の者ではなく他の一族の者たちだった。それは面を見ればすぐにわかる。

これだけ警備の者もいるのだから、怨霊の気配を察すれば情報は伝わるだろう。

(今のところ、何もなさそうだ……)

別件の怨霊退治に出向いている桃色姉さんや夢色たちは、大丈夫だろうか。二人が相手をする怨霊は、中級の怨霊だと聞いている。

それほど手こずりはしないだろうが、予期せぬことはいつでも起こり得るものだ。二人が油断するとは思わないが、想定以上に強敵であることもある。

(桃色姉さんがいるのだし……心配はないさ)

夢色だけならば無茶なことをするかもしれないが、桃色姉さんはああ見えて冷静だ。判断を誤ることはないだろう。手に負えないと思ったら救援を呼ぶはずだ。

僕は帯に挟んでいた古い携帯を出して、連絡はないだろうかと確かめた。

高校生になった時、必要だからと桃色姉さんが以前使っていた携帯を僕にくれた。鈴のついた根付は、『甘色お姉ちゃん、すぐなくしそうだから！』と夢色がくれたものだ。

夢色は中学生になった時にすぐ携帯を買ってもらっていたから、僕よりもずっと使いこなしている。携帯の使い方を僕に教えてくれたのも夢色だ。

とはいえ、電話をかける時くらいしか使わない。今のところ二人からの連絡はなく、便りがないのは無事な証拠と、僕は帯に携帯をしまった。


「やや、これは……」

僕はクンッと匂いを嗅ぐ。裏道に入ると、そこにもいくつかの屋台が並んでいて、赤い艶々のリンゴ飴が甘い香りを放っていた。

浴衣姿の女性と甚平を着た男性が仲睦まじそうに話をしながらリンゴ飴を買っている。

女性はリンゴ飴に唇をつけながら微笑んでいた。

僕はジッと見ていた自分が恥ずかしくて、面を軽く手で押さえながら下を向く。そのそばを、二人は楽しそうに通り過ぎていった。賑やかな通りのほうへと向かうようだ。

僕は少し物思いにふけりながら歩き出した。

討魔士が面をつけているのは掟だからだ。素顔は将来の契りを交わした相手にしか見せることが許されない。もし、うっかり面が外れて素顔を見られてしまうと、その相手と結婚しなければならなくなる。

狐ヶ咲の一族だけでなく、ほかの討魔士の一族も同じだ。

僕らは友人であっても、素顔はほとんど知らない。たまに、うっかり――紐が緩んだりして、顔が見えそうになることもあるけれど、そんな時は横を向いたり、後ろを向いたりして気を遣い合うのが暗黙の約束事になっていた。

顔を隠すのは、心の内を悟られぬため。不安や恐れなど、弱さを見せれば怨霊につけいる隙を与えてしまう。いかなる感情も心の奥底にしまって隠し、容易く明かさぬための守りの面だ。

友人や討魔士の間でも、それは同じだ。僕らがその心の内を見せても許されるのは、親しき家族か、生涯を共にすると決めた己が伴侶に限られる。その前でだけは素顔でいられる。弱さも見せられる。

そこまで心を許してもよいと思える相手の前でなければ、この面は外せない。そんな魂の片割れと思えるような相手を、僕はまだ知らない。恋という感情には縁がなく、誰かを求める心もわからなかった。

（恋に現を抜かしている暇などないさ……）

今は討魔士のお役目を果たすことで手一杯だ。ただ、時折、気の迷いのように心が揺れることもある。それも、未熟な証なのだろう。

心を許したくなるような相手に出会えたとしても、僕はこの面を取るつもりは毛頭なかった。

大切な人ができれば、心が弱くなってしまいそうだから――。

討魔士になったからには、いつ命を落とすかわからない。その覚悟で戦いに挑んでいるというのに、誰かを想えばこの命が惜しくなる。

命が惜しくなれば、もう、刀を持って戦うことはできなくなるだろう。怯めば攻撃の手も甘くなる。甘くなれば、己自身だけではなく、共に戦う者の身も危険にさらす。

恋心や人を想う心が戦うことの妨げになるのなら、大切な者はいないほうがいい。

我が身一つならば、いくらでも使命のために投げ出せる。

それに、人を想う心は己を惑わせるだろう。平静ではいられなくなる。

想いが強いほど執着となり、その相手を失った時の怒りは深く、深く、心をえぐり、癒えることのない傷となる。そして、怨念となって底知れぬ闇へと落ちていく。

我らが討伐する怨霊と同じものへと成り果てるということだ。そうなっていった討魔士も少なからずいる。

怨霊ももとは人であったものだ。人だからこそ、怨霊にもなる。

人に心というものがあるが故の業とも言えよう。

そのすべてを断ち切れば、常闇に囚われている魂も解放され、戻るべき場所へと戻れるのだろうか。


ぼんやりと考え事をしていた僕は、やけに周りが静かなことに気づいて立ち止まった。

気づけば古い民家が並んでいる通りを歩いていた。

祭りの賑わいも花火の音も遠くなり、歩いているのも僕ただ一人のようだ。

この辺りは、何度か夜まわりの時に通ったことがある。少し歩くと、橋のかかる細い川が流れていた。その橋を渡って進んでいくと、道の脇にひっそりと朱い鳥居が立っている。

「やや……こんな鳥居があったかな？」

鳥居は色あせていて、木の地が露わになっていた。その先は細い参道が続いている。

僕は灯りに誘われるように、フラッと足を向けた。

虫の声が微かに聞こえる。足もとを照らす灯籠の灯りを頼りに歩いていくと石段があり、その先にお社が建っていた。左右に並んでおかれている狛狐は古いものなのか、顔や尻尾が崩れてしまっている。

「せっかく訪れたのだから、お参りでもしておこうか」

僕は独り言を漏らしながら、がま口を取り出した。

鈴を鳴らしてお参りをしてから、一通り見回りをしておこうと境内を歩く。結界の緩んだ古い神社は、低級の怨霊が隠れ潜んでいることもある。

縁の下を覗いてみたけれど、蜘蛛の巣が張っているだけだった。クンクンと匂いを嗅ぎながら歩いていた僕は、「ややっ」と足を止める。

草木の香りに混じって、清らかな花の香りがしたような気がしたからだ。その匂いを辿りながらお社の裏手に進む。

「ここ……かな？」

僕が小さな摂社の脇を覗くと、「ひゃあっ！」と人の声がした。驚いてよくよく見れば、草むらにしゃがんでいるのは浴衣を着た女の子だ。

怯えたような目で僕を見上げ、胸の前で巾着を握り締めている。歳は僕と同じくらいだろう。

橘の花が描かれた狐の面をつけているが、討魔士のものとは違うものだった。討魔士なら、顔を隠すようにつける。彼女は頭に引っかけるようにしてつけているだけで、素顔を晒していた。目がパッチリとして睫も長い。

（花の匂い……）

とても優しくていい匂いだった。フワフワとした髪には、花飾りをつけている。あまりにかわいらしい顔立ちなものだから、僕は話しかけるのも忘れてつい見つめてしまった。

「あっ、あの……ごめんなさい……っ！」

女の子は泣きそうな声で言い、よろめきながら腰を浮かせる。すぐさま立ち去ろうとするから、「あっ、待って！」と彼女に手を伸ばした。

その途端、躓いた彼女に引っ張られて僕も片膝をつく。草履が脱げてしまったようだ。

「大丈夫かい!?」

僕は慌てて草履を取り、彼女のそばに置いた。

目を丸くした彼女は、コクッと頷く。その間も不安げに巾着の紐を握り締めていた。

「私もごめんなさい……お化けかと思ってしまって」

女の子は恥ずかしそうに小声で謝る。

『お化け狐……――っ！』

その声が記憶に蘇り、僕は膝の上に下ろした手を軽く握る。

「すみません、失礼なことを。びっくりしただけなんです。疲れて座り込んでいたものだから……ごめんなさい」

女の子は慌てて正座し直し、頭を下げた。

「やや っ……僕のほうこそ驚かせてしまって、ごめんね」

僕もペコッと頭を下げ、彼女の手を引いて一緒に立ち上がった。それから、彼女の浴衣の膝についている草や土を手で払う。袖や襟に花の模様がついている清楚な白地の浴衣だった。

「あっ、大丈夫です！」

彼女はわたわたして、恥ずかしそうに言った。

「もしかして……誰かを待っていたのかい？」

僕が尋ねると、彼女は涙ぐんで小さく首を横に振る。ということは一人で祭り見物に来たのだろうか。

「道に迷ったのなら、屋台が出ている通りまで送ろうか？」

そう言ってみたけれど、彼女はまた首を横に振る。

（これは何か事情がありそうだね……）

「困っているなら、話を聞くよ」

できるだけ優しく声をかけたつもりだったけれど、彼女は警戒するように僕の刀袋に目を向ける。

「ああっ、これは……事情があって。怪しい者ではないんだ」

僕は急いで刀を自分の後ろに隠した。お面をつけているうえに、刀まで所持しているのだ。安心してくれと言うほうが無理だろう。討魔士の制服を着ていればまだよかったけれど、今は浴衣姿だ。

「僕の名は狐ヶ咲甘色。お化けではないことだけは間違いないよ。祭りの警護をしていて、巡回中にここに立ち寄っただけなんだ」

目を丸くしていた女の子は、僕をジッと見てから頷く。ひとまず信じてくれたようだ。

「私は嘉月と申します……ここに座っていたのは、少し疲れてしまって」

嘉月と名乗るその子は、目を伏せつつそう答えた。

話を聞くために、僕は彼女とともに木のそばの腰掛けに座る。

「……やっぱり、誰か迎えの人でも呼ぼうか？」

慣れない草履で足を痛めたのかもしれない。それなら、歩いて帰るのはさぞかし大変だろう。

「いいえ、それには及びません！」

嘉月は顔をわずかに強ばらせて僕を見ると、はっきりと首を横に振る。

「それに……今すぐ帰るわけにはいきませんし」

訳ありげに俯いた彼女は、膝の上で巾着の紐を握っていた。

僕は心配になって、「なにか困り事があるようだね」と尋ねてみる。余計なお世話かもしれないけれど、放っておくわけにもいかない。

「大事なものを、なくしてしまって」

「それは、お財布とか……携帯とか、貴重品の類いだろうか？」

「……いいえ、なくしたのは『鍵』なのです」

「鍵？」

（家の鍵かな……？）

家の人も留守なのかもしれない。僕もたまにうっかりして、鍵のありかがわからなくなってしまうことがある。

ポケットに入っていたり、鞄の底に移動してしまっていたり。小さなものだから、捜すのが大変だ。

「その巾着の中は？」

僕は彼女が大事そうに握り締めている巾着を指差してきく。何かの間に挟まっていることもあるだろう。

「この中にはありませんでした。それに、入っていればすぐにわかるのです。鍵と言っても、それほど小さいものではありませんから」

「ふむ……失せ物なら、交番に届けられているかもしれないね。一緒に行って尋ねてみようか？」

嘉月は僕を見てから、「きっと届けられてはいないと思います」と落ち込んだように声を小さくする。

「ただの鍵ではないのです。私の家では婚儀の際に、特別な鍵を持っていく決まりとなっているのです。その鍵がなければ、私は相手の方のもとに嫁ぐことができません。それなのに、私はその大事な鍵を……うっかりなくしてしまったのです」

俯いた彼女は、ポロポロとこぼれる涙を指先で拭う。よほど思い詰めているのだろう。沈んだ声になっていた。

「もうすぐ、許婚の方のもとに嫁ぐことが決まっているのに、どうしていいのかわからなくなってしまって……捜しても見つからず、疲れ果ててそこに座り込んでおりました」

「そうか……そういうことなら、正直に相手の方に話してみるのはどうだろう？」

「いいえ、とても話せません！　それに、私はその相手の方のことを、お名前以外存じ上げないのです。いきなり会いに行くことも失礼になるでしょう。もし打ち明けたとしても、うっかり者だと呆れられて嫌われてしまう気がして……それが怖くて、とても言い出せないのです」

「婚儀の日取りというのは、いつなんだろう？」

「それが明日で……」

「明日!?」

僕は驚いて大きな声を上げた。嘉月が焦るのも当然だ。明日までに鍵を捜さなければ、大事になってしまう。今さら、日取りを変えることもできないだろう。

「それは困ったな……もし、見つからなかったら、代わりの鍵を用意するということはできないんだろうか？」

その鍵というのは、結婚指輪のようなものと考えればよいのだろうか。今日明日にはできずとも、後日用意するということなら、相手の方や家も納得してくれるのではないかと、浅知恵ながら考えてみる。

「他の鍵ではダメなのです。あの鍵でなければ」

「それでは、婚儀は？」

「取りやめにしていただくしかないのだと思います。けれど、仕方ないのでしょう。ご縁がなかったものと、諦めることにいたします。ただ、相手の方にとてもご迷惑をおかけしてしまうことになるのが心苦しくて……どう償えばよいのか」

話してくれる彼女の声が、ほんの少し震えていた。

僕は正面を向いて少し考えてから、口を開く。

「明日まで、まだ時間があるのだから……諦めるには早いさ」

嘉月は顔を上げると、潤んだ目を僕に向けてきた。

面の下で微笑んだ僕は、彼女の細い手を取って立ち上がる。

「一緒に捜せば、見つかるかもしれないからね」

「甘色様のお手を煩わせてしまうことになります。私のせいなのに……」

「ここで出会ったのも、きっと何かの縁だよ」

人助けも大切なお役目のうちだ。夜まわりのついでと思えばいいさと、僕は彼女の手を引いて歩き出した。

神社の鳥居を通り抜けて、少し歩くと明るい屋台の通りに出た。歩く人たちは面をつけ、手には提灯を提げている。

その儚げに揺らめく灯火が、人魂に似ていて――。

話し声や笑い声も聞こえてくるのに、どこかもの寂しい静けさに包まれているようで。

妙な違和感に、僕はふと振り返った。

「どうかしたのですか？」

「いや……きっと気のせいだね」

僕は軽く手を振って答える。彼女を不安がらせてはいけないだろう。

「……ここにはなさそうだ」

通りの端や真ん中、屋台のそばなどを見てまわったけれど、鍵らしきものは見つからなかった。

「ここはどうかな？」

ゴミ箱の蓋を開いて覗いてみたけれど、ありそうにない。屋台の下もかがんで覗いてみたけれど、猫が丸まって欠伸を漏らしているだけだ。

「どうやら、なさそうだね」

僕は呟いて、ため息を吐く。

（そう簡単に、見つかりはしないか……）

手を払って腰を上げると、「甘色様！」と嘉月が呼んだ。

「あれかもしれません！」

僕の浴衣の袖を引っ張った彼女は、人が往来する通りの先を指さしている。道を横切っていくのは子犬のようだが、よく見れば尻尾が丸くて太い。目の周りも黒くて、鼻も犬とは違うようだ。

「あれは……もしやタヌキ!?」

僕は嘉月と顔を見合わせる。そのタヌキが口にくわえているのは、赤い紐がついた古い形状の鍵だ。追いかけようとすると、危機を感じたのか一目散に逃げていく。

「待て、そこのタヌキ！」

走りながら、僕は捕まえようと手を伸ばした。その手をするりとかわすと、タヌキは屋台の脇に入ってしまった。

僕と嘉月は、「すみません、少し通らせてください！」と店主に謝りながら屋台と屋台の間を通り抜ける。

「なんで、よりにもよってタヌキが……っ！」

別の路地に出ると、そこにも屋台が遠くのほうまで並んでいた。歩いている人たちが手にしているのは、綿飴やリンゴ飴だ。

足もとを縫うように走り回るタヌキを見て、かき氷を買っていた女性が悲鳴を上げる。周りの人たちも「あっ、タヌキだ」と、物珍しそうにその姿を目で追っていた。

「かくなる上は……っ！」

僕は蓋つきのゴミ箱を踏み台にして、屋台の屋根に飛び上がった。

「甘色様！」

嘉月が心配そうに見上げる中、屋台の屋根から屋根へと飛び移り、タヌキの姿を捜す。

「いた……逃がすものか！」

僕はうろついているタヌキを見つけて先回りすると、地面に飛び降りた。

逃げようとするタヌキにすかさず飛びついたけれど、すばしっこくて、スルッとかわされる。

ようやく人を避けて駆けつけてきた嘉月も、逃げまわるタヌキに翻弄され、よろめいて尻餅をついていた。

通りの先に進むと、歩く人の姿もそう多くはない。

ここまで追いかけてきたというのに、タヌキの姿は見当たらなかった。どうやら、姿を隠したらしい。

「おのれ……タヌキ……っ！」

僕は大きな栗の木に片手をつきながら拳を握る。

我が狐ヶ咲にとって、タヌキはいわば天敵。因縁のある一族が好んでつけているのが、タヌキの面だからだ。

あの野生のタヌキに恨みはないけれど、ふてぶてしくこざかしいタヌキの面を思い出すと、やはり腹立たしい。

疲れたように息を吐いていた嘉月が、不意に僕の袖をつかんだ。彼女がそっと指さしたほうを見れば、茂みの中で丸い尻尾が揺れている。

僕は息を止め、そろりそろりと背後から近づいた。

（己の気配を消し、殺気を鎮め、疾風のごとき速さで……いざっ！）

飛びかかった僕の面を後ろ足で思いっきり蹴りつけたタヌキは、素早く草むらに隠れてしまった。

「甘色様！　大丈夫ですか⁉」

　ガクッと膝をついた僕のもとに、嘉月が駆け寄ってくる。

（こうなれば、この辺りの雑草もろとも、刈ってくれる……っ！）

「狐ヶ咲の力、とくと見るがいい」

　刀の柄を強く握って構えようとすると、「落ち着いて〜っ！」と慌てたように嘉月が僕を止める。

（そうだった……）

　これは先祖代々受け継がれてきた討魔の刀。怨霊退治のための刀であって、タヌキ退治や草刈りに使うものではない。

「いけない、いけない。僕としたことが……」

　僕は深呼吸して抜きかけた刀を、カチャッと鞘に納めた。

　いついかなる時でも、冷静さを欠いてはならない。それが狐ヶ咲の教えだ。

　それから十五分ほど経過しただろうか。ようやく見つけたタヌキは、誰かが落としたリ

ンゴ飴の匂いを嗅ぐことに夢中になっている。ゴミバケツの後ろに隠れている僕らには、まだ気づいていないようだ。

（今こそっ！）

飛び出した僕は、タヌキの体を両手でしっかりとつかむ。よし、やったと思わず笑みがこぼれた。暴れて鳴いた拍子に、タヌキの口から鍵がポロッと落ちる。

「やや〜まったく、人騒がせなタヌキだね」

僕がそっと地面に下ろしてやると、タヌキはすぐに逃げていってしまった。僕はやれやれとため息を吐き、落ちている鍵を拾う。

嘉月の言っていた通り、小さなものではなかった。蔵か何かの鍵だろうか。古いもので、ひどく錆びている。

「君の捜していた鍵はこれだろうか？」

僕は嘉月にその鍵を渡して尋ねた。

それを見た彼女は、沈んだ表情になって小さく首を横に振る。

「ごめんなさい。違う鍵でした……形がそっくりだったからてっきりそうかと。あんなに苦労して取り戻してくださったのに」

「違うことがわかっただけでも十分だよ。他を当たってみるとしよう」

僕はそう答え、嘉月の手を引いて歩き出した。ひんやりとした手だ。

彼女は「はい」と、おっとりした笑顔を見せる。

「あの、甘色様……ありがとうございます。見ず知らずの私のために、こんなに親身になってくださって」

「いいさ……これもお役目だからね」

紐つきの鍵を案内所に忘れ物として届けた後、僕らは屋台の並ぶ通りに引き返した。

クンッと匂いを嗅いだ僕は、「あっ、これは……！」と足を止める。

香ばしく焼けた味噌の匂いだ。すぐそばの屋台で、みたらし団子や味噌をたっぷり塗った団子が火に炙られている。

ぐうっとお腹が鳴り、大好物の味噌の香りに誘われて、つい足が前に出そうになった。

「いけない、いけない」

僕は団子の屋台に背を向ける。よそ見をしている場合ではない。

「さあっ、急ごう。明日までに鍵を見つけないとね」

そう言って、急ぎ足でその場を離れる。

武士は食わねど高楊枝、と言うじゃないか。武士ではなく討魔士だけどね。

鍵が見つからず何度も通りを往復していた僕らは、空き地に移動して一息吐く。嘉月の顔には疲労と不安の色が濃く表れていた。

鍵がこのまま見つからなければどうしようと、気を揉んでいるのだろう。僕もさすがに、歩き通しで喉が渇いていた。

「ここで少し、休憩しようか？」

「いいえっ、私は平気です！」

下を向きがちになっていた嘉月は、僕に迷惑をかけまいと思っているのか、顔を上げてすぐにそう答えた。

けれど、無理をしているのは見ればわかる。僕は周囲を見て、休めそうな場所を探すことにした。

混雑している屋台の通りの裏手にも、ポツンと屋台が出ている。『冷やし甘酒』の旗が下がっていて、腰掛けも置かれていた。あまり目立たない場所だから、人も並んではいない。

僕は「あそこがちょうど良さそうだ」と、彼女を連れて移動する。

「糖分の補給も必要だからね」

冷やし甘酒一杯くらいなら、ババ様も大目に見てくれるだろう。お役目の途中で目がまわっては困るのだから。

甘酒を二杯買って、僕らは紙コップを手に腰掛けに座る。甘い麴の匂いがして、おいしそうだ。僕は一杯を嘉月に渡す。

(用心のために、幻術をかけておこう……)

顔を見られないように、僕は顔を隠す術をかけておく。これでもし、うっかり面が外れそうになったとしても、安心できるというもの。

「いただきます!」

僕はお面を少し上げ、紙コップを口に運んだ。

よく冷えていて、「おいしい!」とつい声が出た。トロッとしていて、優しい甘みが口に広がる。あっという間に、それは渇いた喉を潤してくれた。

「ほんと、おいしい……!」

紙コップを両手で持っている嘉月も、微笑んでいた。

頭に引っかけている彼女の面の紐が解けそうになっていることに気づいて、僕は紙コップを脇に置く。そして少し体を傾けて手を伸ばした。

「あっ、すみません。私が……」

「ジッとしていて」

僕は彼女の面の紐を一度解いてから、もう一度、面がずれないようにしっかりと結び直した。その間、嘉月は緊張したように背筋をピンと伸ばしている。

「これでよし。うまく結べたようだ」

「ありがとうございます、甘色様」

「……家や親の決めたこととはいえ、顔も知らぬ相手に嫁ぐことは、辛くはないのだろうか？」

面の紐から手を離して、ふとそう尋ねてみた。

彼女は不思議そうな目をして、僕を見る。

「あっ、いや……心に決めた相手と寄り添いたいと思ったりはしないのかなと、ね」

見合いや縁談で知り合い、それなりにお互いのことが分かった上で決断したのならまだしも、嘉月は嫁ぐその日に初めて相手のことを知ることになる。

心を犠牲にして、意に染まぬ相手とともに生きていかねばならなくなる可能性もあるだろう。

家のためとはいえ、せめて少しくらい——相手を見定める時間があってもよいだろうに。

それも許されないのだろうかと、自由にならない彼女の身がいささか不憫に思えたのだ。

僕の家にも掟やしきたりがある。素顔を見られた相手とは結婚しなければならないというのも、その一つだ。必ずしも相思相愛の相手と結ばれるわけではない。恋愛が禁じられているわけではないが、どうしても難しい。

同じ討魔士ならば、相手の家のこともよくわかっている。一家相伝の秘技や奥義、教えを守るためにも、信頼できる家柄の者を迎えるほうがいいと、親や親族は望むだろう。

怨霊などと関わりを持たない家の人が、討魔士のお役目や、しきたりや掟を理解し、馴染んでいくのは大変なことのはずだ。それに耐えられず、別れてしまったというような話も耳に入ってくる。

嘉月の家のように、僕らもまた様々なものに縛られている。家のため、お役目のため、それも仕方のないことと割り切っていても、心はそうではない。

だから、同じだなと同情めいた気持ちをつい、抱いた。

嘉月は言葉を探すように黙っている。それから、「そうですね……」と視線を下げて呟いた。

「私に他に想う人がいたなら辛かったかもしれません。けれど、まだそういう人とは出会っていなかったから……不安がないわけではないのです。相手のことを知らぬのですから。もし、嫌われてしまったらと、考えて眠れなかった日もあります。相手の方に、意中の相手がいないとも限らないのですもの」

いなかったとしても、相手が自分のことを気に入ってくれるかどうかわからない。お互いに好みの相手ではないということもあるだろう。それは、結婚して初めて知ることになる。どのような相手であれ、すべては運命と受け入れるほかない。

「……逃げたいなと思ったこともあるのです。でも、逃げれば私は大切なお役目を果たせなくなってしまう。家の者たちも困るでしょう。私の我が儘で、迷惑をかけるわけにはいきませんもの」

僕は彼女の言葉を聞きながら夜空を見上げた。細い雲が静かに流れていく。

それも、我が儘と言うのだろうか。己の心にただ、従うというだけで。

けれど、僕が彼女の身であったとしても、やはり——同じように考えただろう。我が身より、大事なものがあると知るが故に。

世の人々を守るため、その身を犠牲にすることもいとわず戦う人たちの姿を、幼い頃よりずっとこの目で見てきた。その人たちの手で守られてきた。だからこそ、同じ道を進まねばならぬと当たり前のように思う。

刀を手にしたその時から、逃げるという道はない。それらはすべて、自分の意志で選んだものだ。家や一族の事情で、一方的に押しつけられたものばかりではない。

（そうか……同じなのか……）

怖れも不安もあるだろう。それでも、与えられた使命と心得て彼女もまた覚悟を決めたのだ。

「私が肝心の鍵をなくしてしまったばかりに、甘色様に一緒に捜してもらうことになってしまい、心底申し訳なく思っているのです……自分がふがいなくて」

甘酒の紙コップを見つめたまま、嘉月はフッとため息を漏らす。

「明日までまだ時間はあるさ。失せ物は忘れた頃に出てくるというし、ゆっくり巡っているうちに見つかるかもしれないよ」

僕はニコッと笑って、彼女に片手を差し出す。

嘉月は残りの甘酒を急いで飲み込むと、「はい」と微笑んで僕の手を取った。

「ここかな……いや、ここにもなさそうだ」

嘉月と手分けをして捜すことにした僕は、独り言を漏らしながら通りを歩く。その途中でふと立ち止まり、月を見上げるように夜空に視線を移した。

「桃色姉さんや夢色のお役目は、終わった頃合いだろうか……」

終われば連絡してくるはずなのに、電話はまだかかってこない。手こずっているのか、それとも終わってこちらに向かっているのか。

（浴衣を着たいと言っていたから、家に戻って着替えているのかもしれないな……）

夜まわりをしている他の討魔士たちも、どこに行ったのか先ほどから姿を見ない。浴衣を着て見物客に紛れていても、討魔士の面は特徴的だからすぐに見分けがつく。

それなのに、歩いている人たちがつけているのは、祭りで売られているような普通の面ばかりだ。

（どこかに怨霊が現れて、みんなが加勢に行っているのかも）

僕は面の顎に手を添える。怨霊が現れたならすぐに知らせが入る。それに近くに現れたのなら、気配や臭気でわからぬはずがない。嗅いでみても、漂ってくるのは屋台で売られている食べ物のおいしそうな匂いばかりだ。

今宵はもう怨霊が現れることはないだろうと、引き上げたのか。けれど、お役目である以上、祭りが終わるまでは警備を怠ることはないはずだ。

（そういえば、どれくらい時間が経ったのかな？）

捜し始めてから、もう一時間以上は経っている気がした。

携帯を取り出して確かめていると、「もし」と声をかけられる。

僕は反射的に刀の鞘をつかんで振り返った。

「あっ……すみません……人違いをしてしまいました！」

一歩下がったのは、狐面をつけた墨色の浴衣姿の青年だ。

彼は頭を下げると、辺りを見回しながら立ち去る。様子を見ていると、またすぐに浴衣を着た別の女性を引き留めていた。それもまた、人違いだったのだろう。

「すみません、失礼しました！」

そう、ペコペコと頭を下げている。かなり怪しいけれど、青年のつけていた狐の面には心当たりがある。

（もしや、あれは……）

僕はすっかり困り果てた様子で佇んでいる青年に歩み寄った。

「お主。捜しているというのは……橘の花が描かれた狐面の女性かな？」

声をかけると、彼がすぐに振り向いて僕を見る。

「ええ……そうです。私と似たような狐面をつけた、あなたぐらいの歳頃の女性です。ご存じなのでしょうか？」

同じ狐の面であっても、それぞれ趣や表情が違う。彼のつけている狐面は、嘉月がつけていた面とよく似ていた。

二人とも、橘の花の紋様が面に描かれていたから。作り手が同じなのか、買った店が同じなのかはわからないが、関わりがあるのは確かだろう。

「その人ならさっきまで僕と一緒にいたけれど……」

「どこにいるのか教えてくれませんか!? すぐにでも、彼女を捜さないと。危ないんです、

「あの人が……嘉月殿がっ！」

彼は僕の両肩を強くつかみ、焦るような早口でそう言った。

僕は彼と一緒に走りながら、周囲をすばやく見回す。

嘉月は僕と手分けして鍵を捜しているから、この通りのどこかにいるはずだ。人が多いため、すれ違ったことに気づかなかったのだろうか。

「嘉月殿が着ている浴衣は、どのような色柄だったのでしょう？」

同じように立ち止まった青年が、歩く人たちを目で追いながら僕にきく。

「花模様が入った白地の浴衣に赤の帯だ。お主は連れというわけではないのか？」

一緒に祭りに来たのであれば、彼女の着ている浴衣の色柄は知っているだろう。家族であっても同じはずだ。

「いえ……私は雲和と言います。彼女は私の許婚なのですが……」

彼は困ったように前髪を手で上げる。

「ああ、そうか……」

嘉月が話していた、まだ一度も会ったことのない結婚相手とは彼のことだろう。顔を知らぬため、面を頼りに捜していたようだ。もちろん、浴衣の柄も知るはずがないから、次から次に声をかけてみるほかなかったのだろう。

(なりふり構わぬほど、嘉月の身を案じていたということだね)

言葉を交わしたこともなく、家の事情で定められた許婚なのに。なんだか、似た者同士の二人だなと思えた。

それとも、運命で定められた相手というのは、お互いに会う前から心が通じ合っているものなのか——。

「失礼ですが、あなたは? 嘉月殿のご友人でしょうか?」

「いや……友人と言えるほどよく知っているわけではないよ。今日初めて会ったばかりだ。共に失せ物を捜していたのでね。僕は狐ヶ咲甘色という討魔士だ」

「甘色殿……その失せ物とはもしや、鍵のことではありませんか?」

「それがなければ、家に戻れぬと話していた。事情はお主のほうがよく承知しているだろう」

「ええ、知っています。そうか、嘉月殿は鍵を捜していたのか。それならそうと、話してくれればよかったものを」

雲和は顎に手をやって独り言のように呟く。そのことを今初めて知ったようだ。

嘉月は鍵をなくしたことを家族にも話していなかったのだろう。話をしていれば、すでに伝わっているはずだから。

「顔も知らぬ相手では、話すのも勇気がいることさ。無用な心配をかけまいと、一人で捜そうとしたのだろう。僕が出会った時も、捜し疲れて座り込んでいたからね」

「もっと早くに彼女に会いに行くべきだったのです。それなのに、家の決まり事だからと、今日になるまで会いに行かなかった私がいけなかったのです。せめて、文でも交わしていればよかった」

悔やむように、彼は拳を握る。

婚儀の当日まで、お互いに会わぬのが決まりだったようだ。

僕は彼の話を聞きながらも、横を通る人の姿を目で追う。近くにいれば、彼女の匂いもわかるけれど、こう色々な匂いが混ざり合っては嗅ぎ分けにくい。

「この通りからそう遠く離れてはいないはずだけれど……別の通りにいるのだろうか」

「嘉月殿は、おそらく自分が狙われていることを知らないでしょう。早く見つけないと」

「その狙っている者とは？　狙われる理由があるのかい？」

「理由はわかりません。けれど、数日前から何かの影が彼女にまとわりついていたようです。それが何の影かわからず、嘉月殿の家の者たちも調べていたようなのですが……怨霊の影とわかったのです。ところが、嘉月殿が家の者にも黙ったまま姿を消してしまって」

「怨霊の影……!?」

嘉月と一緒にいても、怨霊の気配は感じなかった。

どういうことだと、僕は眉根を寄せる。これは討魔士としても聞き逃せない話だ。

（僕としたことが、見逃したのだろうか……）

いや、それはないと首を小さく横に振る。そこまでうっかりはしていないつもりだ。ただ、嘉月と会った時から違和感は確かにあった。けれど、それは——。

「屋敷が結界となっているため、彼女が閉じこもっている間は怨霊も手が出せず、外で様子をうかがっていたのでしょう。嘉月殿が狙われていることを知らぬまま屋敷を抜け出してしまったものだから、彼女の家では騒ぎになっていて、私の家まで知らせが届いたのです」

それで彼女の身を案じて、彼も飛び出してきたらしい。

怨霊が彼女を狙っていて襲おうとするならば、今が好機ではある。必ず嘉月の前に現れるはずだ。

僕は面の顎に手をやって思案する。

「こうも都合よく鍵がなくなるものだろうか……」

嘉月は自分が鍵をなくしたと思い込んで責任を感じていたようだが、もしかするとそれは持ち去られたのかもしれない。婚儀に使う大事な鍵とあらば、簡単に持ち歩いたりはしないだろう。どこかに大事に置いておくか、しまっているはずだ。しかも、小さな鍵ではなく、大きめのものだ。

屋敷の中にも、結界にほんのわずかでも綻(ほころ)びがあれば、怨霊はそこから入り込むことができる。そうだとすれば、鍵は怨霊の手中だろう。

今のところ推測でしかないが、十分に考えられる。数日前から彼女にまとわりついていた怨霊の影が、鍵の紛失(ふんしつ)に無関係であるとは考え難い。

となれば、雲和が言う通り、一刻も早く嘉月を見つけて安全な場所へと連れていかねばならないだろう。


僕が駆(か)け出そうとした瞬間(しゅんかん)、辺りに淀(よど)んだ気配が混ざる。紛(まぎ)れもなく、それは怨霊のものだった。僕はすぐに地面を蹴(け)り、飛び上がった。

「甘色殿！」

（どこだ……っ！）

屋台の屋根に一度着地してから、そばの木の枝に飛び移る。そこから人が行き交う通りを見回すと、嘉月の着ている浴衣(ゆかた)が見えた。

「いたっ！」

僕は枝から屋台の屋根に飛び移る。そして、屋根から屋根へと移動しながら彼女のもとに向かおうとした。

気配のもとを辿(たど)ろうとしたけれど、はっきりとしない。周囲の人たちは相変わらず、祭り見物を楽しんでいる。

僕以外の誰も、禍々しい気配には気づいていないのだろう。あの怨霊特有の臭気が、徐々に広がり始めていることにも。

「嘉月っ!!」

僕の声が聞こえたのか、人に流されるように歩いていた彼女が振り返る。

地面を這う黒い髪が彼女のすぐ後ろまで迫ろうとしていた。靄の向こうからスッと現れたのは、怨霊の細い腕だった。嘉月を引きずり込むつもりなのだろう。

(させるかっ!)

刀の鞘をしっかりと握りながら、屋台の支柱を蹴って大きく飛んだ。

嘉月に触れようとするその腕を、旋回するように斬り裂き、驚いて硬直している彼女の体をグイッと自分のほうに引き寄せる。

「あ、甘色様!」

震える声で僕を呼びながら、嘉月は腰が砕けたように座り込む。

彼女を背に庇いながら、僕は息を整えて刀を構えた。

風が強く吹き、提灯が揺れて灯りが一斉に消える。

明るく照らされていた通りが暗闇に閉ざされると、歩いていた人々も異変に気づいたのだろう。

悲鳴や叫び声を上げながら、押し合うようにして逃げ始めた。右往左往する人びとに阻まれて、僕らもそこから動くことができない。

人に踏まれたり押されたりしないように、僕は嘉月を引っ張り起こす。

「嘉月殿、甘色殿っ！」

雲和が逃げ惑う人々を押し分けながら僕らのもとへと駆け寄ってきた。

彼は嘉月を見ると、すぐに彼女とわかったようだ。

「ああ、無事でしたか。よかった」

嘉月の手を取りながら安堵したように息を吐く。

「雲和……様ですか？」

嘉月は彼の面を見て、驚きの表情を浮かべていた。

この場に、明日会うはずの結婚相手がいるとは思わなかったのだろう。

雲和は握っていた彼女の手を、「わわっ、すみません」と慌てて離す。その行き場のなくなった手を、頭の後ろにやっていた。

「そうです……嘉月殿を捜しておりました。いきなり会いに来るなど、無作法だとはわかっていたのですが……どうかお許しいただきたい」

「ごめんなさい。私、あの……大切な鍵をなくしてしまったのです」

嘉月は落ち込んだ声で謝り、目を伏せた。

「そのようなこと、気に病むことはない。それよりも、あなたに何かあったらと、それだけがただ心配で……けれど、無事でよかった」

「雲和殿、嘉月を連れて早々にこの場を離れたほうがいい」

僕は刀を片手で構えたまま二人に言った。

「甘色殿。しかし、あの怨霊は……」

「怨霊退治は討魔士の役目。鍵を取り戻せたら、必ず届けると約束しよう」

ヌルッと靄から現れた怨霊の手を刀で振り払い、「こちらだ！」と声を上げながら僕は駆け出した。

「甘色様！」

嘉月が案じるような目を僕に向ける。迷っていてその場からすぐには動けないようだ。

彼女を狙っていた怨霊が、僕らが討ち損じた怨霊だったとは――。

何の因縁かと、僕は面の下に笑みを隠す。

（千載一遇の好機。今度こそ、逃しはしないさ……っ！）

参

　僕は古い民家の並ぶ通りを走りながら、怨霊(おんりょう)をおびき寄せる。いつの間にか、人気(ひとけ)のない暗い通りに出ていた。

　辺りは濃(こ)い靄に包まれているため、道の先が見えない。どこを走っているのかもわからなかった。

　背後から伸びてきた黒髪を反射的にかわすと、息を吐き出しながら目を凝(こ)らす。見えたのは、灯籠(とうろう)の灯りだった。

　嘉月と出会ったあの神社だ。僕はその灯りを目指して駆け出した。

　一の鳥居をくぐると、長い参道を走っていく。

　怨霊が唸(うな)るような声を上げ、鳥居をなぎ倒(たお)していた。立て続けに、参道沿いに並んだ木が倒される。

　その音が背後から徐々に迫るのを聞きながら、僕は傾(かたむ)いてくる木を飛び越(こ)え、二の鳥居をくぐり抜けた。そしてクルッと足の向きを変えて刀の切っ先を正面に向ける。

　向かってくる怨霊に向かって一直線に斬り込んだけれど、断(た)ち切ったはずの胴(どう)はすぐにもとに戻ってしまう。実体のない念の塊だ。

（この程度では無理か……）

僕はお社を迂回するように走り、後ろに視線をやった。

怨霊は顔を左右に巡らせ、さらにはグルッと真後ろを向いてからまた正面に戻す。僕の姿を捜しているのだろう。

「こちらだ！」

僕は注意を引きつつ、木の幹を蹴って宙返りした。

怨霊の顔に刀を突き立てようとしたが、直前で怨霊の姿が消失する。着地した僕はすぐに、どこから現れるのか探ろうとした。

怨霊の気配を捉えた瞬間、黒髪に足を取られる。宙に放り投げられたかと思うと、石の灯籠に叩きつけられていた。

受け身を取ることもできず、痛みと衝撃で息が止まりそうになる。砕けた灯籠の上に仰向けに倒れ込んだ僕は、むせるように息を吐き出した。

起き上がろうにも、体が思うように動かない。

灯籠に当たった時に頭に傷を負ったようで、溢れた血が顔を伝う。

宙に浮かんだままスーッと寄ってきた怨霊の無表情な顔が、僕を見下ろしていた。

その長い髪が、僕の腕や脚に絡みつこうとする。

(動け…………………っ！)

何度も念じ、ようやくピクリと動いた片手で刀の柄をつかむ。

耳もとで、幾人もの声がした。どれも怨嗟の声だ。笑うような声は周囲を飛び交う人魂から発せられたものだろうか。赤く燃える人魂が、次から次へと群がってくる。

囁くような声や呻き声、笑う声が混ざり合い、耳に流れ込むその声に意識が呑まれそうだった。

気づいた時には喉をつかまれ、爪が皮膚に食い込んでいた。

(お……かあ……さん…………っ！)

縁側に座って笑いかけてくる母の面影や、夕暮れを眺めながら手を繋いで歩いて帰った時の母の姿が頭を過ぎる。

(諦めるものか……もう、絶対に……負けられない……っ！)

怨霊には、もう二度と——。

「甘色様っ！」

「甘色殿っ！」

呼ぶ声が耳に入り、僕はハッとして頭をわずかに起こす。

鳥居をくぐり、息を切らしながらやってきたのは嘉月と雲和の二人だった。

僕は必死に声を上げようとしたけれど、口からは細い息が漏れただけだ。怨霊の手から逃れることができなくて、歯を食いしばる。

二人は顔を見合わせて小さく頷くと、互いに互いの手を合わせる。その全身が青い炎に包まれたかと思うと、人の姿から狐の姿に変わっていた。どちらも薄らと金の光を帯びた白の毛で、瞳は鮮やかな朱色だった。

（狐……）

僕は目を見張る。二匹の狐は地面を蹴って飛び上がると、僕を押さえつけている怨霊の肩や腕に噛みついていた。

狐を払い除けようと、怨霊が大きく腕を振る。

その隙にようやく逃げ出せた僕は、大きく息を吐き出しながら体を起こした。

胸の奥から込み上げてきた熱を吐き出した拍子に、唇から血がこぼれる。息が乱れて整わない。

怨霊は狐の尻尾をつかむと、忌々しいとばかりに地面に叩きつけようとしていた。一回転した狐は、果敢にもまたすぐに怨霊に飛びかかっていく。

もう一匹の狐は、十二単の裾をくわえ、必死に足を踏ん張っていた。

僕は震えている膝に手をついて、しっかりしろと言い聞かせるように立ち上がった。そして、ボタボタと落ちてくる血を手で拭う。

（守るべきものを、守れぬのは、もうご免だ……）

そのために、強くなると決めた。強くあらねばならないのだと、この心に刻んで刀を握ってきた。

負けることなど許されない。負けることはすなわち、己のみならず守らねばならない誰かの命が絶たれるということだ。

もう、二度と――。

そのために、父や母と同じ道を歩む覚悟を決めたのだ。

己のこの命が、たとえ怨霊の魔の手によって無残に散ろうとも悔いはしない。

「怨霊誅滅　第六課所属……狐ヶ咲甘色……参るっ！」

僕は両手でしっかりと握った刀を構えた。刀に討魔の炎を宿し、高く飛び上がる。

宙を舞い、怨霊の顔面を狙ってその刃を一気に振り下ろした。

炎に焼かれた怨霊は、狛狐の石像や大きな木をなぎ倒しながら靄の中に逃げ込もうとする。

振り払われた二匹の狐が身を低くして唸り、その髪や衣に再び食らいついた。足止めをしてくれているのだろう。

僕は「二度も逃がすものか」と、怨霊の前にストンと着地した。

横一線に振った刃から衝撃破が放たれ、怨霊の体を切り裂く。

「嘉月、雲和殿、下がれ！」

僕は大きな声で叫んだ。二人の体に黒髪が巻きつき、己の切り裂かれた体の内に取り込もうとする。

一匹は素早く飛び退いていたが、もう一匹が逃げ遅れて必死にもがいていた。それに気づいたもう一匹が素早く飛びかかり、相手の尻尾をくわえて助け出そうとする。

狐の体に巻きついている黒髪を僕が刀で断ち切ると、二匹はすぐさま後ろに下がっていった。

それを確かめて安堵しかけた瞬間、背後から伸びた腕が僕の体を捕らえる。

（ぬかった……っ！）

腕をねじ曲げられ、その痛みに思わず声が漏れた。

刀を振るえなくて、僕は奥歯に力を込める。

この怨霊に、どれだけの人の心が食われたのか。野放しにするものか。たとえ、刺し違えたとしても許しはしない。

「狐ヶ咲を……舐めるなっ！」

刀を咄嗟に持ち替え、背後の怨霊の体にその刃を突き立てる。下から上に向かって切り裂くと、怨霊の腕が緩んで僕からわずかに離れた。

僕の頭から落ちた血が刃に触れた瞬間、刀身が紫色の狐火に包まれる。放った炎が衣や髪に広がり、瞬く間に怨霊の全身を覆っていた。

その炎に焼かれながらも、怨霊は僕を道連れにしようとするように手を伸ばしてくる。

やはりあの顔を断たねば、完全には消滅しないのだろう。

僕は刀を鞘に納め、柄を握りながら居合い切りの構えをとった。目を伏せ、静かに息を整え、意識を全て刀に集中する。

「『狐ヶ咲』奥義……無銘ノ飛刃!!」

怨霊の手が触れる寸前、抜刀し、一撃を叩き込むと、怨霊の顔面に亀裂が入る。僕は顔面に食い込むその刀を、渾身の力で振り抜いた。

「オオオオオオ――……」

怨霊の叫びが境内に木霊し、辺りの木々がザッと風に揺れる。

全身を炎に焼かれた怨霊が、灰と化して散っていく。

息を吐いた僕は、汗と血を一緒に手で拭い取った。

赤い十二単の衣の袖が、焼けこげながら風に舞う。

それも消えると、辺りには夜のひっそりとした静けさが戻った。暗闇一色だった空に、朧げな光をまとう月が浮かんでいる。

怨霊の臭気と気配も、完全に消滅したようだ。

僕は足もとに落ちている鍵に気づいて、拾い上げる。

怨霊が嘉月を狙ったのは、神の眷属であるからだ。その神気を取り込めば、力が増すとでも考えたのだろう。それとも、嘉月の体を乗っ取り、自分が成り代わろうとしたのか。どちらにしろ、怨霊の浅知恵だ。

「甘色様……っ！」

人の姿に戻った嘉月が涙ぐみながら駆け寄ってきて、「ご無事でよかった！」とギュッと僕に抱きついてきた。

頭から流れてくる血のことを思い出し、「ああっ、せっかくの浴衣が汚れてしまうよ！」と彼女の肩をつかんで引き離す。

「そのようなこと、かまいません！」

ペタンと座った嘉月は、首を大きく横に振る。

雲和も元の姿に戻り、「甘色殿！」とそばにくる。二人とも、ひどく案じるような目になっていた。

自分たちも、決して無傷ではないのに。嘉月の細腕や頬にも、至る所に擦り傷ができている。勝てたのは、二人が怯むことなく加勢してくれたおかげだ。

「やっぱり、怨霊の手に渡っていたようだ」

僕が鍵を手渡すと、嘉月は受け取った鍵を見つめてから大切そうに両手で包み込む。目を瞑ると、涙がポロッとこぼれていた。

「これです。私の鍵で間違いありません。ごめんなさい、私のせいで……甘色様にこんなにひどく怪我をさせてしまって」

「ややっ、怨霊退治は討魔士のお役目だからね。それに、あれは僕らが一度取り逃がした怨霊。ようやく雪辱を果たすことができた……二人の助けがなければ、この身も危なかったかもしれない」

僕は「ありがとう」と、嘉月の頬を伝う涙を手で拭う。

嘉月のその瞳には、強い決意と意志がしっかりと宿っていた。

「……甘色様のおかげで、私も大切なことを思い出しました。私たちの一族は、神の眷属としてお社にお仕えして参りました。そのお役目は、主である神様とその社を守ること。世の人々を助け、守ることだと……それなのに、私は臆病で怨霊に怖れをなし、恥ずかしいことに、我が身を守ることで精一杯だと思ってしまいそうになりました。けれど、甘色様がただ一人で怨霊に立ち向かおうとする姿を見て、このままでいいはずがないと勇気を奮い起こすことができたのです」

嘉月は「それも……」と、隣にしゃがんだ雲和を見る。

「雲和様がともに戦おうと言ってくださったからです」

「それは、私も同じです。嘉月殿が勇気を出さなければ、私も怨霊に立ち向かうことなどできなかったでしょう。甘色殿も、嘉月殿も本当に心がお強いと感服いたしました……それに比べて私は……一番に嘉月殿を守り、甘色殿の助太刀をしなければならなかったのに。まったく、恥じ入るばかりです」

そう、雲和は両膝を地面について、顔を伏せる。

嘉月が「いいえ、雲和様もとてもお強い方です！」と、頬を赤くしながらワタワタして言った。

（うーん……これは、僕がお邪魔虫かな……？）

二人に挟まれた僕は、面の頬の辺りをポリッと掻く。

早々と退散したほうがいいのかもしれない。「さて……」と、僕は立ち上がろうとした。

「甘色様」

嘉月が僕の面に手を伸ばしてくる。そして解けかけていた紐をキュッと結んでくれた。

僕が嘉月の面の紐を結び直した時のように。

面がじんわりと熱くなるように感じられ、それに合わせて頭の傷の痛みも、体の痛みも薄らいでいくように思えた。

「私の力が、わずかながらでもお役に立てますように……いつでも、見守っておりますから」

そう言って、嘉月は微笑む。ポッと彼女の周りに狐火が浮かんだ。


「甘色お姉ちゃんっ!!」

「甘色ちゃん〜っ!」

桃色姉さんと、夢色の声がして僕は我に返る。

二人がストンと神社の境内に降りてくると、虫や鳥の声がようやく僕の耳に入ってきた。

周りを見れば、壊れた灯籠や鳥居、それになぎ倒された木ももとに戻っていて、怨霊と戦った痕跡などどこにもない。

嘉月と雲和の姿もいつの間にかそこから消えている。かわりに、ほんの少しだけ花の香りが漂っていた。

(嘉月と同じ匂いだ……)

お社のそばに植えられている橘に、白い小さな花が咲いている。最初に訪れた時には気づかなかった。

「甘色お姉ちゃん、その怪我……もしかして、怨霊が出たの⁉」

夢色が血で濡れている僕の浴衣を見て、慌てたように声を上げた。

僕は「ああ……これ」と、もう痛みはしない頭に手をやる。指先に乾いていない血がついたものの、もう止まっているようだった。

これは嘉月の持つ癒やしの力だろうか。今回のお役目は不思議なことばかりだ。

「退治したから大丈夫。戻って、ババ様に報告しないとね」

僕は軽く手を払って立ち上がった。

「ええっ、うそ、もう⁉」

「甘色ちゃん、あなた一人でやったの？」

「一人ではないよ。思わぬ助けがあったからね」

「まったく、無茶をするんだから。何かあったらどうするの？」

顔を寄せてきた桃色姉さんが、僕の面をツンッと指で小突く。

「ごめんなさい。心配をかけてしまって」

「私たちも駆けつけるのが遅くなってしまったものね。こちらも思ったより……その、予期せぬ事態が起こってしまったものだから」

桃色姉さんは肩の力を抜き、疲れたようにため息を吐く。

「予期せぬ事態？」

怨霊が思ったより手強かったのだろうか。

腕を組んでいた夢色が、言いたいことは山ほどあるとばかりに桃色姉さんを横目で見る。

「怨霊はそうでもなかったんだけどね～。桃色お姉ちゃんが地図を逆さに見ていて、山の中で迷子に……っ」

桃色姉さんに手で口を塞がれた夢色が、「むふっ！」と苦しそうな声を漏らした。

「夢色ちゃ～ん。あなたもうっかり大きな蜂の巣を攻撃しちゃって、大変なことになったわよね？　お小遣いを減らされたくなければ、そのお口をすこーし閉じておいたほうが、お利口よ？」

夢色は冷や汗を滲ませながら、コクコクと頷く。何があったかは詳しくわからないけれど、怨霊は無事に退治できたのだろう。

「もーっ、せっかく浴衣に着替えようと思ったのに～っ！　そんな時間、なかったじゃん！」

ようやく桃色姉さんが手を離すと、夢色はプイッとそっぽを向いた。きっと、面の下では頬を膨らませているだろう。

夢色も桃色姉さんも、まだ討魔士の制服のままだ。僕のことを心配して、家には戻らず駆けつけてくれたようだ。

遠くから打ち上がる花火の音がここまで届く。

「……そういえば、まだ祭りはやっているのかな？」

「ちょっと、見ていきましょうか？」

桃色姉さんが面の顎に指を添えながら言うと、夢色は途端に機嫌を直し、「やった～っ！」と飛び跳ねた。

「行こ、行こっ！　早く～っ!!　屋台も終わっちゃうよ！」

夢色が僕と桃色姉さんの手をつかんで引っ張る。ずいぶん、楽しみにしていたらしい。

僕と桃色姉さんは視線を交わして、密かに笑い合った。

屋台の並んでいる通りでは、まだ大勢の見物客たちが歩いていた。不思議なことに、怨霊騒ぎなんて誰も気づいていないようだ。

嘉月と鍵を捜し歩いていた通りとは、なんだか少しだけ違うような気がする。

「うはっ！　お祭りはやっぱりこうでなきゃね～。イカ焼きおいしそう！」

クンクンと匂いを嗅ぎながら、夢色がうっとりしたように言う。

「食べ過ぎないようにほどほどになさいよ。お夕飯が入らなくなるわよ」

「屋台の食べ物たっくさん食べて帰ろうよ。ババ様には焼きそば買って～」

「ババ様、焼きそば、食べるかしらね？」

「食べるよ！　いらないって言われたら、うちが夜食に食べるし！」

「お腹にお肉がついても知らないわよ～」

「毎日朝稽古してるから平気だもん。桃色お姉ちゃんこそ、なんでさっそくお酒買おうとしてんの。しかも、一升瓶を……」

「大人だからいいの～。それにお酒はお清めになるもの」

「自分だけそうやって……ズルい～っ！」

桃色姉さんと夢色が話すのをぼんやり聞き流しながら、僕は少し後ろをゆっくり歩く。

現と異界の狭間に迷い込んだような心地だった。現と同じように見えて、現とは違う曖昧な場所。

鏡や水に映る景色のように、そこは見えていても入り込むことができない。

人ならざる者たちの棲まう世界――。

何かの拍子に、そこに人が入り込むこともあるのかもしれない。本来ならばあちらの世界のものである怨霊が、この世に姿を見せるのと同じように。

「甘色ちゃん」

『甘色……』

ふと、母に呼ばれた気がして顔を上げると、桃色姉さんが僕を見ている。記憶にある声とよく似ていたから、なんだか少しドキッとした。

「せっかくだし……甘色ちゃんの大好きなみたらし団子、買って帰ろっか」

桃色姉さんは、「ババ様には内緒ね」と笑う。

「あ……」

僕は小さく声を漏らす。

見まわりのお役目はまだ終わっていない。怨霊退治が終わったとはいえ、気を緩めて油断するとは何事だと、ババ様に叱られそうだ。けれど――。

（少しだけなら……いいのかな）

桃色姉さんと同じように、唇に人差し指を当てて笑っていた母の姿を、今宵はなぜかいつもよりはっきりと思い出せた。

僕は顔を上げ、「うん……」と笑顔で頷く。

（きっと、いいよね……お母さん……）

終章

翌日の学校帰り、僕は夕日に照らされている赤い鳥居の前で足を止める。昨日、怨霊を退治した神社に、少し立ち寄ってみようと思ったのだ。

鳥居の先は長い参道になっていたはずなのに、今見れば鳥居のすぐ先にお社が見えた。三段ほどの石段を上ると、鍵と玉をそれぞれくわえた一対の狛狐がおかれている。昨日見たのは古い狛狐だったのに、それが真新しい狛狐になっていた。

神社の脇の駐車場には、トラックが駐まっている。運ばれてきたばかりなのだろう。新しい狛狐のそばで、作業服姿の人と、袴姿の男性が立ち話をしていた。

「えらい別嬪な狛狐さんと、男前な狛狐さんやなぁ」

そんな話し声が聞こえてくる。

歩き出そうとした時、不意にポツリと雨粒が落ちてきた。

僕は立ち止まり、黄金色に染まる雲のない空を見上げる。

「やや、狐の嫁入り日和かな」

きっと二人は末永く、あの場所で人々を見守り続けていくのだろう――。
お幸せにと、僕は心の中で呟いて微笑んだ。
折りたたみ傘を鞄から取り出して開くと、「さて……」と足を踏み出す。

『今夜も、怨霊退治に行くとしようか――』

#コンパス
ヒーロー観察記録

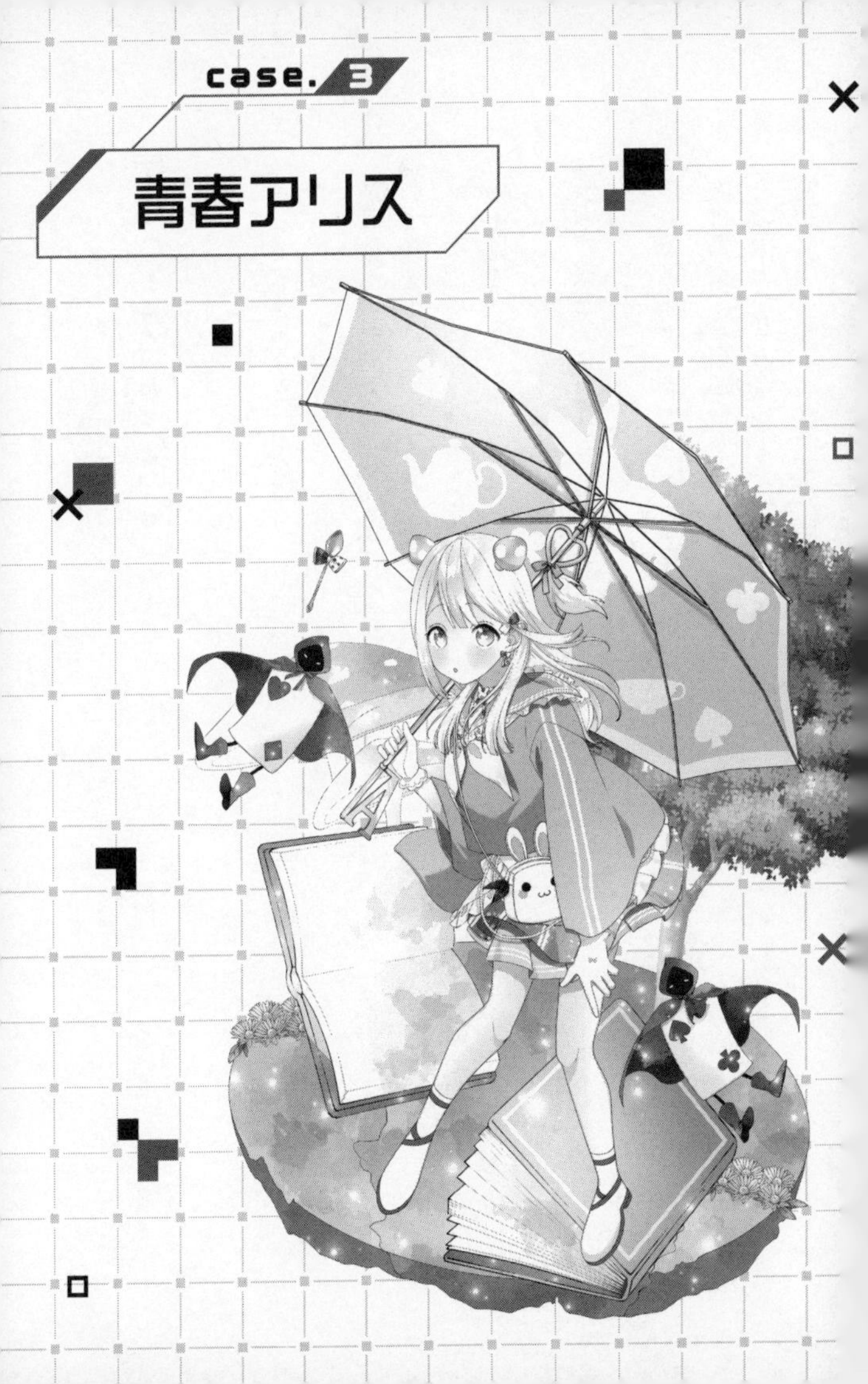
case. 3
青春アリス

プロローグ

『君って、絵がうまいんだ』

放課後、教室でクロッキー帳に絵を描いていたあたしは、感心しているようなその声に驚いて顔を上げた。

バスケ部のユニフォームを着た男子が側に立っていて、興味深そうにあたしのクロッキー帳を見ている。

『絵本作家とか、なれそうだよな』

そんな何気なく発せられた言葉に、あたしは息を呑む。

彼はあたしと目が合うと、明るく笑っていた。

その雨上がりの空のように澄んだ瞳に、胸がトクトク、トクトクと音を刻み始める。

物語に出てくる、ウサギの懐中時計みたいに。

その音に急かされて、あたしは駆け出した。
そして、落ちていく。
初恋という名の、『迷宮』へ――。

1

月曜日の朝、学校に到着したあたしは昇降口で靴を履き替え、「遅刻、遅刻っ！」と慌てながら二年生の教室に向かう。

まだチャイムは鳴っていないから、生徒が廊下をウロウロしていた。

（先生も、まだ来てないよね？　お願いだから、間に合って～）

あたしは後ろのドアを開いて教室を覗き、教壇に先生の姿がないことを確かめて、胸を撫で下ろした。

「滑り込みセーフっ！　危なかった～～」

フラフラしながら自分の席に向かい、着席してクタッと机に突っ伏す。

「おっはよ～、アリス。今日は遅刻しなかったじゃん」

前の席の夜雨ちゃんが、クルッとあたしのほうを向いて声をかけてきた。

ショートカットで、いつも制服の上にパーカーを着ている彼女は、朱夏夜雨という名前で、美術部に入っているあたしの友達だ。

「おはよ～、頑張って走ってきたよー」

あたしは片手だけ上げて挨拶を返す。「偉い、偉い」と夜雨ちゃんが頭を撫でてくれるから、あたしはヘラッと笑った。

いつも寝坊ばかりしてしまうから、あたしが学校に到着するのはチャイムの鳴る直前だ。月曜日の朝は特に遅くなることが多く、教室に入るとクラスのみんなはもう座っていてHRが始まっていることもある。

チラッと隣を見ると空席で、鞄も置かれていなかった。まだ来ていないのかなと、あたしは少しソワソワする。

「目覚まし時計、壊れたままなの？」

夜雨ちゃんにきかれて、あたしはのそっと頭だけを起こした。

「うん……」

「早く買い換えなよ。不便じゃん」

「そうなんだけど……」

部屋の机の上に置いている蝶ネクタイをつけたウサギの置き時計は、小学生だった頃、お父さんとお母さんにクリスマスプレゼントで買ってもらったお気に入りの時計だ。

ずっと使っているから、最近少し時間が遅れることが多い。夜雨ちゃんの言うとおり、そろそろ買い換え時なのかなと思ったりするけれど――。

「やっぱり、あのウサギさんに罪はないよ！」

　あたしはガバッと体を起こして、拳を握りながら力強く弁護する。

　時計の目覚ましは、ちゃんと早めの時間にセットしている。それに、万が一鳴らなかった時のことを考えて、スマホの目覚ましもかけていた。

　それでも寝坊してしまうのは、なかなか起きられないあたしの責任だ。

　今朝も飛び起きたのは、目覚まし時計が鳴って二十分も経ってから。朝ご飯を食べる時間もないまま、急いで出かける準備をして家を出た。

　高校生活も二年目だから、このままではいけないとわかっているのに――。

　自分を変えるのは簡単にはいかなくて、足踏みしたまま進めないようなもどかしさに、

『ダメだね……』とあたしはため息を吐いた。

　小さい頃から、何をするにも人より遅くて、のんびりしていると言われることが多い。空想の世界に浸ってぼんやりしていると、話しかけられていることに気づかなかったりもする。

　あたしがグズグズしてばかりいるから、イライラして離れていった友達も少なくなかった。

（でも、夜雨ちゃんはこんなあたしでも、一緒にいてくれるから大好きだよ）

　それに、同じ美術部で、隣のクラスの玄冬淡雪ちゃんもだ。この二人は、高校に入ってからできたとても大事な親友だ。

（二人がいなかったら、あたしはもうちょっと辛かったかも）

そんなことをぼんやりと考えていると、夜雨ちゃんがあたしの頭にポンッと何かを載せてきた。少しひんやりしているそれを両手で取ると、学校の自動販売機で売られている牛乳のパックで、あたしはパッと目を輝かせた。

「これは……っ！　元気いっぱいモーリーモリー牛乳！」

「早く飲んじゃいな。先生来ちゃうよ」

「うんっ、ありがとう！」

あたしはお礼を言って、急いでストローをパックに差す。一気に飲んでしまうと、「ほぉ～」と幸せな吐息が漏れた。

あたしが朝ご飯を食べ損ねたこともお見通しだったのだろう。夜雨ちゃんは行動的で、何でもハキハキと言う活発な性格だ。クラスでも、美術部でも、みんなに頼りにされていて人気者でもある。

それに、スポーツも得意で、去年の球技大会や運動会でも大活躍だった。運動部に誘われたこともあるみたいだけど、美術部に入ることを選んだ。マンガを描くのが好きみたい。

チャイムが鳴り終わる頃、教室の前側のドアが開く。出席簿を手にした担任の先生が入ってくると、雑談していたみんなもバタバタと席に戻っていった。

あたしも急いで飲み終えた牛乳パックを折りたたみ、ゴミ袋に押し込む。

全員が座ったのを確認すると、「今日の欠席は……」と先生は教室を見回した。

その瞬間、バンッと教室の後ろのドアが開き、みんなが大きな音にびっくりして振り返る。

「ギリギリ間に合った……はず！」

息を切らして教室に飛び込んできたのは、男子だった。

（わっ、白秋君……っ！）

あたしは急にソワソワドキドキしてくる。

「間に合ってないぞー。三分の遅刻でアウト。白秋〜」

先生がニヤッと笑って壁の時計を指さした。

「ええ〜〜っ、うそだろ……全力で走ってきたのに！」

「あははは、残念だったなー。晴斗！」

がっかりしてうな垂れているその男子に、クラスの男子たちが笑って声をかける。

白秋晴斗君はあたしの隣の席にやってくると、椅子を引いて疲れたようにドサッと腰をかけた。汗ばんでいる首もとを軽く手で扇ぎながら、ふとあたしのほうに顔を向ける。

「今日は、青春のほうが早かったんだな」

机に肘をついた白秋君は、先生に聞こえないように小さな声で話しかけてくる。ドキッとして振り向くと、彼は目を細めて笑っていた。

あたしは緊張のせいで、「うん……」と小さな声で返事することしかできない。

でもその声は聞こえなかったみたいで、白秋君はすぐに頬杖をついて顔を正面に戻してしまう。

（今のは心の準備ができていなかったからだよ。本当だよ。次はちゃんと話せるように頑張るから！）

心の中で言い訳をしても、もちろん白秋君には届かない。あたしは自分にがっかりして下を向く。

このクラスで遅刻するのは、いつもあたしか白秋君のどちらかだ。先生も、「青春が間に合っているのは、珍しいな」と呟きながら出席簿に○をつけている。

白秋君が遅刻しがちになるのは、部活の朝練をギリギリまでやっているからだ。

（朝寝坊してるあたしとは大違いだよ……）

そっと横顔を見ると、白秋君は横の席の男子と小声で話をしながらちょっとふざけ合っている。その楽しそうな笑顔に、あたしは見とれそうになった。

同じクラスになったばかりの、四月の頃。放課後の教室で、初めて声をかけられた。あたしは職員室に呼ばれていた夜雨ちゃんが戻ってくるのを待ちながら、教室でクロッキー帳に絵を描いていた。

その時のあたしは夢中で色鉛筆を動かしていたから、白秋君が教室に入ってきたことにも、興味深そうな目であたしが絵を描くところを眺めていたことにも気づかなかった。

『君って、絵がうまいんだ』

急に白秋君の声がしたから、驚いて椅子からひっくり返りそうになった。

そんなあたしに、白秋君は『絵本作家とか、なれそうだよな』と、笑って言ってくれた。

それはずっと、あたしが心の中で思い描いていた秘密の夢だ。

友達にも、家族にもまだ誰にも話していないのに。どうして、彼にはわかったんだろうとあたしには不思議に思えた。

絵本の下絵を描いていたから？

あたしの絵を見て、うまいと褒めてくれるような男子はいなかった。夢見がちで、子どもっぽい絵を描いているとからかわれたりもした。

あたしなんかがなれるはずないよと、自信をなくしそうにもなっていたのに。

白秋君の言葉で、諦めないで、目指してみたいと思う気持ちになれた。

好きになったのは、そんな単純な理由。

なのに、恋を叶えるのは難しくて、迷ってばかりいる――。

美術部の部員は六人で、二年生はあたしと夜雨ちゃん、淡雪ちゃんの三人だ。三年の先輩は受験勉強や塾があるから、時々部室に顔を出すくらいだ。

一年生二人は中庭で絵を描いているから、美術室にいるのはあたしたち三人だけだった。

窓は開いていて、心地いい風が吹き込むたびにカーテンが揺れる。

日の当たる窓のそばの大きな作業机で、あたしはクロッキー帳にスケッチをしていた。

夜雨ちゃんはマンガが好きで、最近はタブレットでデジタルマンガを描いている。なかなか構図が決まらないのか、「うーん……」とペンを揺らしながら悩んでいた。

玄冬淡雪ちゃんは、丸いフレームのメガネをかけた、フワフワしたショートボブの髪の女の子だ。

淡雪ちゃんは作業机の真ん中に置いてある凛々しい顔立ちの石こう像を見ながら、さらさらとクロッキー帳に鉛筆を走らせる。淡雪ちゃんが得意なのは、油絵と水彩画だ。

展覧会に出品する絵を描く時や、体育祭の看板製作、文化祭の準備をする時には忙しくて、遅くまで学校に居残りしている時もあるけれど、いつもは自由気ままに好きな絵を描いて過ごしていた。

そんな美術部ののんびりとした雰囲気が居心地よくて、あたしはこの部活の時間が好きだった。

真剣な顔をして考え込んでいた夜雨ちゃんは、頬杖をつきながらため息を吐く。それから、隣に座っているあたしの肩にもたれかかってきた。

「おおっ。アリスの得意なキノコの不思議な森シリーズだね。かわいいじゃん」

あたしはクロッキー帳いっぱいに描いたキノコを色鉛筆で濃くなぞりながら、「うん」と返事をした。

「アリスちゃん、キノコ好きだね」

淡雪ちゃんも絵を描く手を休めて、「フフッ」と笑う。

薄い綺麗な羽の妖精たちが、キノコの周りをせっせと飛び回っている。

(今年の展覧会の絵も、キノコと妖精をモチーフにしようかな?)

あたしは色鉛筆を顎にちょんっと当てながら、ぼんやりと考える。

「ちょっと、休憩して紅茶をいれようか」

淡雪ちゃんが鉛筆とクロッキー帳をおいて、立ち上がった。

「待ってました! アリス～、お茶会にするよ～」

夜雨ちゃんも伸びをしてから腰を上げる。あたしは楽しみにしていたお茶会の言葉に目を輝かせ、「うんっ!」と急いでクロッキー帳を片づけた。

あたしが机にチェック柄のクロスを広げると、夜雨ちゃんがバッグからお菓子の缶を取り出す。

「今日はジンジャーマンクッキーだよ！」

夜雨ちゃんが缶の蓋を開くと、中にはアイシングで目や口を描いた人形型のクッキーが入っていた。

「季節外れなんだけどね〜」

ジンジャーマンクッキーはクリスマス定番のクッキーだ。今は初夏だから、ちょっとどころではなく気が早い。

「それじゃ、今日は早すぎたクリスマスのお茶会だね」

水筒の紅茶を紙コップに分けながら、淡雪ちゃんが笑う。

あたしはソワソワして、「うんうん」と二回頷いた。

お茶会の紅茶は、いつも淡雪ちゃんが用意してくれる。お菓子を用意してくれるのは夜雨ちゃんだ。

あたしは淡雪ちゃんみたいにおいしい紅茶もいれられないし、夜雨ちゃんみたいに手作りのお菓子を作ることもできないから、クロスを用意して紙皿と紙コップを準備している。

淡雪ちゃんが「はい」と、あたしに紅茶を注いだ紙コップを渡してくれた。

「ありがとう、淡雪ちゃん。わぁ……いい香り」

ダージリンティーのいい香りがする。淡雪ちゃんは紅茶やハーブティーにこだわっていて、いつもいろんなお茶を用意してくれる。

「ん～、高貴な香りがする～」

夜雨ちゃんが目を瞑って香りを嗅ぎながら、うっとりしたように言った。

「そのようにお褒めいただけるとは光栄です」

淡雪ちゃんは畏まったように答える。あたしたちは笑って、紅茶を味わいながらクッキーを摘まむ。

「そういえば、アリス～。今朝、白秋君に声をかけられてたじゃん」

夜雨ちゃんがあたしのほうにグイッと寄ってくる。今朝のことを思い出しただけで、あたしの顔がパッと赤くなった。

「白秋君って、バスケ部の王子様だよね」

ジンジャーマンクッキーを頭のほうからパリッと囓りながら、淡雪ちゃんが言う。

「バスケ部でイケメンで、人気者だからね～。モテないわけないよ」

夜雨ちゃんは腕を組んで頷いてから、「どうする、アリス～？」とニマニマしてあたしにきいてきた。

「ライバル、絶対多そうだよ～？」

「あたしは……ええと……っ」

あたしは困って、紅茶をグイッと飲み干した。

「ふーん、アリスちゃんの好きな人なんだ？　それは知らなかったなぁ～。聞きたいな～」

淡雪ちゃんもメガネをクイッと上げて、椅子を寄せてくる。二人にジーッと見つめられたあたしは、「白秋君は……」とおずおずと口を開いた。

「うんうん、白秋君は？」

頷きながら、夜雨ちゃんが先を促してくる。

「かっこいいと……思うよ！」

正直に答えると顔が熱くなり、パタパタと両手で扇ぐ。

「アリスちゃんの好みって、王子様タイプの男子だったんだね」

淡雪ちゃんが人差し指を顎に当てて言った。

「頑張らないとね、アリス。隣の席っていうアドバンテージがあるんだから、今のうちに距離を縮めるんだよ。次の席替えの時には、離れた席になっちゃうかもしれないんだし！」

夜雨ちゃんのその言葉に、あたしはハッとする。

（そうだよ……！）

今は隣の席だから、白秋君も時々あたしに話しかけてくれる。離れた席になったらきっかけもなくて、ただ遠くから見ているだけになるかも——。

あたしは「どうしようっ！」と、焦って胸が苦しくなってきた。

「男子と仲良くなるって難しいよね。白秋君はあまり人見知りしないみたいだから、話しかけやすいほうだと思うけど」

淡雪ちゃんが紅茶を飲みながら、少し首を傾ける。夜雨ちゃんが「だね～」と、相づちを打った。

「きっかけとかあればいいけど。あとは、共通の話とか？」

「趣味が同じとか？　白秋君って何が好きなの？」

淡雪ちゃんにきかれて、あたしと夜雨ちゃんは同時に、「「バスケ！」」と答えた。白秋君は昼休みの時も、クラスの男子たちと体育館に移動してバスケをしているみたいだ。白秋君の性格はあたしと正反対で趣味も違う。共通の話題なんて、すぐには思いつかなかった。

「それは……うん、難しそうだね」

苦笑した淡雪ちゃんは、メガネのフレームを指で少し上げる。「だよね～」と、夜雨ちゃんもため息を吐いていた。

「あたしがもっと、バスケが得意だったらよかったんだけど……」

運動が苦手なあたしは、バスケの時もチームのみんなより遅れてしまう。だから、バスケが得意な夜雨ちゃんが少し羨ましかった。

「じゃあ、反対に白秋君が絵を好きとか？」

「どうかなー。マンガは普通に読んでるみたいだけどね」

淡雪ちゃんと、夜雨ちゃんがそう話をしている。

白秋君は友達に借りたマンガを読むくらいで、やっぱりスポーツのほうが好きみたいだ。

あんまり興味はないのかもしれない。あの日は、あたしが描いていた絵を『うまい』と褒めてくれたけど。

白秋君は人気で、告白したいとか、付き合いたいと思っている子はたくさんいる。その中で、あたしが選んでもらえる可能性はほんの少しもなさそうだ。

(告白する勇気もないよ……)

あたしはため息を吐く。少しだけでも仲良くなりたい。せめて、友達だと思ってもらえるようになれたらいいのに。

でも、今のままではいつまでも自分から話しかけられず、一年間『遅刻のライバル』のまま終わってしまいそうな気がする。

(そんなの、ダメだよ!!)

あたしはプルプルと小さく首を横に振って、助けを求めるように二人を見る。

「夜雨ちゃん、淡雪ちゃん。あたし、どうすればいいかな?」

「そうだねー。こういう時にはやっぱり、作戦が必要じゃないかな!」

夜雨ちゃんはそう言いながら、自分のバッグを開いた。

淡雪ちゃんが「どんな作戦？」と、尋ねる。

「んー……それはやっぱり」

夜雨ちゃんは取り出したノートをあたしと淡雪ちゃんに見せ、ニコーッと笑った。

「完璧ノートでばっちりアピール大作戦でしょ！」

夜雨ちゃんと淡雪ちゃんが作戦を立ててくれた日から、あたしはいつもよりノートを丁寧に書くようにした。

要点や、先生が重要だと話していたところには、カラーペンでラインを引いて、『ここ、大事だよ！』とウサギさんのイラストを描く。

「うん、よしっ！」

(だけど、ノート貸してほしいなんて、頼まれることないよ……)

授業が終わった後、あたしは自分のノートを見返しながらため息を吐く。

その日も、白秋君は友達に声をかけられてすぐに席を立ち、バッグをつかんで教室を出ていってしまった。

翌週の月曜日、珍しく白秋君が学校をお休みしていた。夜雨ちゃんが他の男子から聞いた話では、体調を崩したみたいだ。大丈夫かなと、心配になってあたしは隣の席を見る。

気がかりだけど、こういう時こそ隣の席のあたしが役に立たないと。

あたしは真剣に授業を聞きながらしっかりと板書を書き写す。

翌日にはすっかりよくなったらしく、白秋君は少し遅刻しながらも学校に来ていた。いつもと変わらない明るい声で男子たちと話をしている白秋君を見て、あたしもホッとする。

数学の授業が始まる前、あたしはノートを準備しながらチラッと白秋君を見た。

(ノートを見せるなら、今だよね……！)

昨日の授業の内容がわからないと、白秋君も困るはず。

だけど、思い切って声をかける勇気が出てこない。

白秋君は人気者だから、ノートを貸してくれる人もたくさんいそうだ。今すぐでなくても、後で誰かが声をかけるかもしれない。

悩むあたしの頭の中で、壁の時計の急かすような秒針の音がグルグルと回る。

こうしている間にも時間が過ぎて、先生がやってくるかもしれないのに。

（どうすれば……っ！）

「青春、あのさ……」

不意に声をかけられて、あたしはドキッとした。

白秋君はキョロキョロしてから、「ノート見せて！」とあたしに向かって両手を合わせる。

あたしは大きく頷いて、「どうぞ！」と緊張した手でノートを渡した。

白秋君はあたしのノートをめくると、「すげー、完璧じゃん！」と驚いている。褒めてもらえたと、心がパッと明るくなる気がした。

「えっと……ありがとう……」

嬉しくて飛び上がりたいくらいなのに、モジモジしてしまって小さな声しか出ない。

白秋君はすぐさま、昨日の授業の内容を自分のノートに写し始める。

チャイムが鳴り終わって先生が教室に現れるのとほとんど同時に、写し終えたあたしのノートを返してくれた。

ページを開くと、「ありがと！　めちゃくちゃわかりやすかった！」とメモが挟んであった。

急いで描いたようなウサギさんのイラストも描かれている。思わず隣を見ると、白秋君はニコッと笑いかけてきた。

日直の号令でみんな挨拶をすると、先生が出欠を確認する。

夜雨ちゃんがほんの少し振り返り、『やったね』と言うように目配せしてくる。あたしも笑顔になり、小さく頷いた。

（作戦は大成功だね……っ！）

数学の授業が終わって放課後になると、クラスのみんなは席を立って教室を出ていく。

その賑やかな声を聞きながら、あたしは教科書やノートを片づけていた。

「青春さん」

声をかけられて顔を上げると、学級委員の姫咲風花さんがそばに立っている。姫咲さんはボブカットで、いつも黒縁のメガネをかけている女の子だ。

「先生に、みんなの数学のノートを集めるように言われてるから」

「あっ、うん」

あたしは急いで数学のノートをバッグから取り出す。

ノートを受け取ると、姫咲さんはすぐに隣の席に移動して白秋君にも声をかけていた。

「晴斗、あなたも数学のノート出して」

「……やっぱ、出さなきゃダメなのか」

白秋君は気が進まなそうにため息を吐きながら、机の中からノートを取り出す。

姫咲さんは白秋君のことを、名前で呼んでいるんだ。あたしは驚いて二人を見る。

「休んでいた日の授業内容、わからないと困るでしょ。後で私のノートを貸してあげるから、ちゃんと写しなさいよ」

「あー、それは大丈夫。青春にノート借りて写させてもらったから」

白秋君はあたしのほうを見て、ニカッと笑った。

姫咲さんはあたしを見ると、訝しそうに眉根を寄せる。

「なんで、青春さんに？　青春さん、数学苦手でしょ。どうして私に言わないのよ。私のほうが成績いいのに」

姫咲さんの遠慮のない言葉がグサッと胸に刺さって、あたしは石みたいにかたまってしまった。

（でも、その通りだよ……）

あたしはノートを綺麗に取るのは得意でも、成績がいいわけじゃない。テスト前に夜雨ちゃんや淡雪ちゃんと一緒に勉強して教えてもらっているからなんとか授業についていけているけれど、数学は苦手なほうだ。

それに比べて、姫咲さんの成績はいつも学年上位。中間テストを返された時、クラス一位は姫咲さんだったと先生が褒(ほ)めていた。

白秋君もノートを借りるなら、あたしより姫咲さんのほうがよかったはずだ。

(やっぱり、余計なことしちゃったかな……!)

あたしはオロオロして下を向く。

「いや、青春は成績いいって。少なくとも、俺よりはいいと思う!」

そう、白秋君が慌(あわ)ててフォローしてくれた。

「あなたの成績に比べたら、誰だっていいわよ。全然勉強しないんだから。バスケくらい熱心にやりなさいよ」

ピシャリと言われた白秋君は、「うっ」と言葉を詰(つ)まらせる。

「姫咲は、思ったこと正直に言いすぎだぞ」

「本当のことじゃない」

「言わなくていいことってあるじゃん。それに、青春のノートは綺麗で、めちゃくちゃちゃんとまとめてあって、わかりやすかったよ。おかげで助かったんだ」

姫咲さんは「そう……」と、素っ気ない態度で答えてから、その視線をあたしに移す。

「青春さん、気分を害したのなら謝るわ」

「ううん……害してないよ。大丈夫」

あたしは首を横に振(ふ)って、ぎこちなく笑みを作った。

姫咲さんは「これでいいでしょ？」と、顔を背ける。それから、みんなのノートを抱えて教室の出入り口に向かっていった。

「ごめんな、青春」

パチンと手を合わせた白秋君が、困ったような表情であたしに謝る。

「姫咲って、誰にでもああいう態度だからさ。悪気とかあるわけじゃないから許してやって！」

「うん……気にしてないよ」

白秋君と姫咲さんは小学校も中学校も同じで、高校一年の時、同じクラスだったみたいだ。

いいなと、少し羨ましくて心がチクッとする。姫咲さんみたいに遠慮なく話ができて、白秋君のことを名前で呼べたらいいのに。

（晴斗君って……）

「ノート、ほんと助かったよ」

白秋君は席を立つと、机の横にかけていたバッグを取る。

「青春の隣の席でラッキーだった！」

その言葉に、あたしは弾かれたように顔を上げる。

白秋君は白い歯を見せて笑っていた。

あたしは目を丸くして、男子と一緒に教室を出て行く白秋君の姿を見つめる。胸を押さえると、心臓の鼓動が速くなっていた。

こんなあたしの隣でラッキーだったたって、白秋君は思ってくれるんだ。

嬉しくて頬が緩む。風船みたいに体が軽くなって、今にも足が浮きそうな気がした。

「アリス、部活行くよ？」

「アリスちゃん、行こう～」

教室を覗いた夜雨ちゃんと淡雪ちゃんが、声をかけてくれる。

「うんっ！」

あたしは返事をすると、バッグを取りながらすぐに立ち上がった。

(次の作戦も、頑張って考えなきゃっ！)

「次はやっぱり傘作戦じゃないかな。相合い傘で急接近間違いなし。名付けて雨降ってがっちりハートもかたまるレインボー大作戦！」
部活の合間のお茶会で、夜雨ちゃんがアドバイスしてくれる。あたしは「相合い傘！」

と、赤くなった頬を両手で押さえた。

白秋君と一つ同じ傘に入り、濡れないようにぴったりとくっついて歩けたら、憂鬱な雨の日もウキウキして世界が虹色に見えそうだ。

「傘なら、白秋君も持ってきてるんじゃないかな?」

淡雪ちゃんが首を傾げて言うと、「それは、大丈夫!」と夜雨ちゃんは自信たっぷりに胸を叩いた。

「白秋君、よく傘を忘れてるから! 友達の傘に入れてもらったりしてるしね」

あたしも白秋君が雨に濡れながらコンビニに駆け込むのを見かけたことがある。その日はビニール傘を買って帰っていたみたいだから、声をかけられなかった。

「それなら、チャンスありそうだね」

淡雪ちゃんがニコリと微笑んだ。あたしは「相合い傘、頑張ってみるよ!」と、奮起するように拳を握った。


翌日の放課後、あたしは校門のそばで白秋君が部活を終えてやってくるのを待つ。

今日の予報は晴れだったのに、夕方から雨が降り出していた。そのため傘を忘れた生徒も多いみたいで、友達の傘に入れてもらったり、雨に濡れないようにバッグで頭を庇いながら走ったりして帰っていく。

『白秋君、傘を忘れたって男子と話してたから。今日こそチャンスだよ！』

『アリスちゃん、頑張って。うまくいったら、絶対、絶対、教えてね』

帰り際、夜雨ちゃんと淡雪ちゃんが応援してくれたことを思い出し、あたしは顔を上げる。

（勇気を出さなきゃ。二人に練習に付き合ってもらったもの）

夜雨ちゃんが白秋君役をやってくれて、淡雪ちゃんが傘を差し出す時の台詞も考えてくれた。

「あたしの傘に一緒に入りませんか……あたしの傘に一緒に……」

あたしはギュッと目を瞑り、口の中で何度もその台詞を繰り返す。

（今度もきっと、うまくいくよ！）

辺りを見回していると、歩いてくる白秋君の姿を見つけた。

夜雨ちゃんが話していたように傘は持っていないみたいで、濡れながら困ったように雨雲の広がる空を見上げている。

（よしっ、行こう……っ！）

あたしは緊張しながら、ダッと飛び出した。

「あの……傘……っ！」

「晴斗〜〜っ!!」

「晴斗、一緒に帰ろうぜーっ!!」

「せっかくだし、ゲーセンで遊ぶか〜!?」

「お——っ、いいじゃん！　晴斗、行くだろ？」

白秋君はあっという間に傘を手にした男子の集団に囲まれる。

あれっというように、白秋君があたしのほうを見た。

あたしは思わず植木の陰にしゃがんで隠れる。

楽しそうな声が遠ざかるのを待って腰を浮かせると、白秋君たちが校門を出ていくのが見えた。

周りの男子たちはみんな、白秋君が濡れないように自分たちの傘でしっかりガードしているから、傘を貸すどころか声をかける隙もない。

もちろん、白秋君が濡れないですんだのだからよかったんだけど。すっかりタイミングを逃してしまったあたしは、少しがっかりしてうな垂れた。

「相合い傘作戦は、失敗だね……」

「アリス、早く、早くっ！　試合、終わっちゃうよ！」

「待って〜！」

あたしは夜雨ちゃんに急かされて、躓きそうになりながら渡り廊下を走る。

土曜日の午後から、体育館で男子バスケ部の試合が行われていた。それが観たくてソワソワしていると、「応援しに行こう！」と夜雨ちゃんが誘ってくれた。淡雪ちゃんも、少し遅れてやってくる。

体育館の扉は開いていて、見学している人たちがいた。あたしたちは後ろの扉から中に入って、二階の観客席に上がる。

バスケ部の男子は人気があるから、たくさんの生徒が観にきていた。喚声と応援の声が響いていて、試合は盛り上がっている。

試合はもう終盤。相手チームの一点リードだった。残り時間はあと数分に迫っている。

相手チームは強くて、なかなかシュートを決められない。コートを走る白秋君は、教室ではあまり見せない真剣で必死な表情だった。

周りの応援の声も大きくなり、「頑張れ……頑張れっ！」とあたしも小さな声で繰り返す。

味方のシュートしたボールがリングの縁に当たって弾かれると、白秋君はすぐさまジャンプしてリバウンドシュートを決める。

そこで試合が終わり、逆転勝ちにみんなが歓声を上げていた。

白秋君は安堵したように天井を見上げてから、小さく拳を握っている。

駆け寄ってきた先輩が、ねぎらうようにその背中をポンッと叩いていた。白秋君も笑顔になっている。最後、得点できたことにホッとしているみたいだった。

（すごい……すごいな……っ！）

あたしも自分が試合に出場したわけでもないのに興奮がさめなくて、体がすっかり熱くなっている。

試合時間は残りわずかだったのに、白秋君は最後まで諦めていなかった。『絶対、勝つんだ』という気迫が、見ているあたしたちにも伝わってきた。

「アリスちゃん、頰が赤いよー？」

「かっこよかったもんね～。王子様、大活躍じゃん」

淡雪ちゃんと夜雨ちゃんが、あたしの頰にピタッと手を当てて笑う。

あたしは「うん、うん！」と、何度も大きく頷いた。

他の選手たちと一緒に整列した白秋君が、「ありがとうございました！」と頭を下げて挨拶する。

「やっぱり素敵だよ、白秋君！」

「はいはい。部活に戻るよ～」

キュンッとした胸を両手で押さえていると、夜雨ちゃんに腕を引っ張られる。
あたしは夢見心地のまま、二人と一緒に試合の熱気が残る体育館を後にした。

2

その日の夜、あたしは自分の部屋の机に向かい、絵本にする物語を考えていた。でも、途中で鉛筆を動かす手が止まる。

（もし……物語の主人公だったら、好きって言えたり、一緒に帰ったりできるのかな……？）

でも、現実のあたしは自分から話しかけることができなくて、ソワソワしながら声をかけられるのを期待して待っているだけ。

夜雨ちゃんみたいに、ハキハキ話せるようになりたい。淡雪ちゃんみたいに、しっかり者になりたい。姫咲さんみたいに、名前を呼んだり、遠慮なく何でも言い合える関係になれたら。

あたしは机に突っ伏して、「う～ん」と苦悩の声を漏らす。

落ち込んでため息がこぼれそうだった。あたしはいつも人と比べてばかり。

（ダメだね……）

ノート作戦の時みたいに頼ってもらえて、少しでも役に立てたらいいのに。

あたしの隣の席でよかったと、言ってもらえたらそれだけで嬉しくなって、もっと頑張れる気がした。

（そうしたら……）

いつかは、こんな臆病なあたしでも、勇気を出して告白できるのかな。

あたしはウトウトして、クロッキー帳に突っ伏して目を閉じる。

机の上でウサギの時計が、カチカチと小さな音を刻んでいた。

『早く、早く』と、急かすみたいに――。

夢中になってクロッキー帳に絵を描いていたあたしは、チャイムの音に気づいてふと顔を上げた。

「……あれ？」

首を傾げて周りを見回すと、大きな机が並んでいる美術室の中だった。

（おかしいな……さっきまで、部屋にいたよね？）

それとも、寝ぼけていたのだろうか。美術室の中はシンッとしていて、外はすっかり暗くなっている。

　窓のほうを見ると、薄い雲のかかる星空が見える。

　あたしはこんな時間まで学校に残っていたのかなと、驚いて壁にかけられていた時計に目をやる。

　もうとっくに、下校時刻を過ぎてしまっていた。

「わっ、大変！　早く帰らなきゃっ！」

　なんでこんな時間までいたんだろうと、あたしは不思議に思いながらも立ち上がった。

（そういえば、夜雨ちゃんと、淡雪ちゃんは？）

　帰る時はいつも一緒で、先に帰る時には声をかけてくれるはずだ。それとも、二人もまだ学校のどこかで絵を描いているのかもしれない。

（教室……かな？）

　困惑していると、ポケットの中でスマホが鳴る。学校にいる間は、バッグにしまっているはずなのに、それは制服のスカートのポケットに入っていた。

（お母さんが心配して電話をかけてきたのかも）

　スマホを取り出して確かめると、夜雨ちゃんからだ。

『あっ、よかった～アリス！　何度もかけてるのになかなか出ないから、心配したじゃん』

　ホッとしたような夜雨ちゃんの声が聞こえてきた。

「ごめんね。気づかなかったよ！」

『いいよ、いいよ。それより、今、どこ？』

「えっと……美術室だよ？」

夜雨ちゃんはどこにいるんだろう。なんだか、後ろから音楽が聞こえてくる。それに、賑やかな場所にいるみたいで大勢の人の声がした。

『早くこっちに来なよ。もう、始まってるよ！』

「えっ？　こっちって、どっち？」

あたしは戸惑って聞きかえす。

『あっ、アリスちゃん？　待ってるからね！』

淡雪ちゃんが夜雨ちゃんと交代して電話に出る。

けれどすぐに通話が切れてしまって、どこに向かえばいいのか聞きそびれてしまった。

かけ直そうとした時、廊下から人の話し声が聞こえる。それに、廊下を通る足音や、いつもなら先生に怒られそうなくらい賑やかな音楽も。

（あれ、誰かまだ学校に残ってる……）

あたしは驚いてスマホをポケットにしまい、ドアに向かった。

戸惑いながらドアを開いてそっと覗いてみると、廊下が眩しいくらいに明るくて、カラフルな風船やテープで天井や壁が飾られていた。

いろんな衣装を着た生徒たちが、楽しそうにおしゃべりしながら歩いている。

あたしは驚いて、目を見開いた。

（なんのお祭りかな。文化祭みたい！）

キョロキョロしながら廊下に出てみると、ドレスを着ている人もいれば、コスプレをしている人たちもいて、まるでハロウィンの仮装パーティーみたいだった。

その中で一際目立っているのは、大きなウサギのかぶり物をかぶった人だ。

そのウサギは、歩いているみんなに風船やキャンディを配っている。

「なんだかわからないけど……すごいな。楽しい！」

ウサギのかぶり物の人はあたしを見ると、手に持っていた風船の中から綺麗な水色の風船を選んで、差し出してきた。

「ありがとう！」

あたしはドキドキしながら風船を受け取る。風船をもらうなんて何年ぶりだろう。

小さい頃、お父さんとお母さんに連れられて遊園地に行った時のことを思い出した。

「ああっ、いたいた！　アリス!!」

「アリスちゃん！」

あたしの名前を呼ぶ声が聞こえて振り返ると、夜雨ちゃんと淡雪ちゃんが大きく手を振っている。

「夜雨ちゃん、淡雪ちゃん！」

あたしは風船の紐を離さないようにしっかりと握ったまま、二人に駆け寄った。二人とも、やっぱりまだ校舎に残っていたんだ。

(よかった〜！)

ホッとしてから、あたしは二人の恰好を見て目を丸くする。夜雨ちゃんは耳と尻尾がついた猫の衣装。淡雪ちゃんは白いバラのドレスを着ていた。

「わぁ、二人ともすごく素敵だよ！」

「アリスちゃんも、早く着替えないと」

「そうだよ、なんでまだ制服を着てるの。今日はフェスティバルだよ！」

淡雪ちゃんと夜雨ちゃんに手を引っ張られて、あたしは躓きそうになりながら駆け出した。

(フェスティバル？)

廊下を歩いているみんなを見る。いつもは厳しい先生たちまで、仮装していてすっかり楽しんでいた。

(そっか……今日はフェスティバル！)

みんな浮かれていて、廊下や教室で踊ったり、歌ったりしている。ギターを演奏している人たちもいた。

周りで聞いている人たちもはしゃいでいて、ライブみたいに手拍子したり、赤や青のサイリウムを振ったりしている。みんな自由に好きなことをしているみたいだった。

教室の前の廊下では、集まった女の子たちがキャーキャーと騒いでいる。それを見て、夜雨ちゃんと淡雪ちゃんが足を止めた。

「あいかわらず、人気者だね～」

「王子様だもの。仕方ないよ」

二人の話を聞きながら、あたしは誰がいるんだろうとつま先立ちになった。

女の子たちに囲まれて、楽しそうに会話しているのは白秋君だ。絵本に出てくる王子様のような煌びやかな衣装を着て、一際目立っている。

「アリス、声をかけるチャンスだよ！」

夜雨ちゃんがあたしの背中を押す。あたしはとても勇気を出せそうになくて、「無理だよ！」と首を横に振る。遠くから見ているだけで、心臓が弾けそうだ。

「アリスちゃん、頭にまたキノコが生えてるよ？」

淡雪ちゃんに言われて、あたしはハッとする。

髪に手をやると、何かがついていた。手鏡をポケットから取り出して確かめてみると、頭の左右に小さなキノコがニョキッと生えている。

「わぁ、なんで⁉　あれ～⁉」

混乱してすぐに引っこ抜こうとしたけれど、しっかりとくっついていて簡単に取れそうにない。

メガネに手を添えながら、淡雪ちゃんがジッと観察するように見てくる。

「これは、弱気になった時に生えてくるヨワヨワキノコだね……」

「ええっ⁉　そうなの⁉」

「そして、こっちのは臆病な時に生えてくる、モジモジキノコ」

あたしは「そんな……っ！」と、ショックを受けてふらついた。

「大丈夫、アリスちゃん。勇気を出したり、自信を持てたりするようになったら、自然と取れるから」

あたしの肩をポンと叩いて、淡雪ちゃんが微笑む。

（それじゃあ……ずっと、永久にこのままかも！）

あたしは余計に落ち込んで、その場にしゃがみたくなった。勇気も自信もそう簡単に持てそうにない。

「ちょっと、退いてくれない？　邪魔よ」

不機嫌な声が聞こえて、女の子たちの会話がピタリと止まった。

　腕を組んで立っているのは姫咲さんだ。黒い三角帽子の魔女のような衣装を着て、柄の長い箒を持っている。

　女の子たちを押しのけて進み出ると、姫咲さんは白秋君の腕を遠慮なくつかんだ。

「あれ、姫咲……どうしたんだ？」

　戸惑うように尋ねた白秋君に、姫咲さんは呆れたような目を向ける。

「なにを言っているの。あなた、私とコンテストに出るんじゃない。ベストカップルコンテストに！」

「えっ……そんなコンテストやってたっけ？」

　白秋君は頭の後ろに手をやって首を捻る。

（ベストカップルコンテスト!?）

　あたしは驚いて、自分の口に両手をやった。そんなコンテストがあっても、あたしが白秋君と出場できる見込みなんてない。

「無理だよ～……」

「アリスちゃん、ヨワヨワキノコが生えてる」

　肩を落とすあたしを見て、淡雪ちゃんが教えてくれた。

「エントリーの時間に間に合わないじゃない。早くして」

　姫咲さんはツンとした顔で言うと、白秋君を連れて行こうとする。

「姫咲さん。白秋君を独占するなんてズルいわ！」

「白秋君とベストカップルコンテストに出場するのは私たちなんだから！」

二人の前に立ち塞がる女の子たちを、姫咲さんは煩わしそうに一睨みする。

「何がいけないの。私はこのクラスで一番、成績がいいの。文句があるなら、私より上位の成績を取ることね。そうでなければ、晴斗に相応しくない」

姫咲さんは皮肉っぽく唇の端を上げ、堂々と言い放つ。女の子たちは何も言い返せず、顔を見合わせたり下を向いたりしていた。

「無駄なことに時間を費やしてしまったわ。行きましょう、晴斗」

姫咲さんは白秋君の腕をグイグイと引っ張っていく。女の子たちは「ズル〜い！」「姫咲さん、イジワルすぎだよ！」と口々に不満の声を上げていた。

夜雨ちゃんと淡雪ちゃんに連れられて教室に行くと、更衣室が用意されていて、そこにはドレスや仮装の衣装がズラッと並んでいた。みんなここで好きな衣装を選んで、着替えているみたいだ。

あたしはずいぶん迷ったけれど、セーラー服のような襟の、水色の衣装を選んだ。それからウサギのポシェットを肩からかける。かわいくて、どうしてもそれが『選んで』と言っているように思えたから。

あたしが着替えて現れると、「うん、アリスにはピッタリだね！」と夜雨ちゃんが言ってくれた。淡雪ちゃんも、「似合ってるよ、アリスちゃん」と褒めてくれる。

それからすぐに、二人とも用事があると急ぎ足で教室を出て行ってしまった。

取り残されたあたしは、美術室に戻ることにする。大事なクロッキー帳を置いたままにしていたことを思い出したから。

（誰かに見られたら大変だよ……！）

「急がなきゃ！」

あたしは教室を出て、賑やかな廊下を通り抜ける。そして、階段を駆け下りていった。

あのクロッキー帳には、あたしがずっと胸に秘めている秘密の物語が描かれている。それにあの物語はまだ未完成だ。

廊下を小走りに通り抜けていると、美術室のドアがカラッと開く。

出てきたのは、あの風船を配っていたウサギのかぶり物の人だ。そのウサギは振り向くと、大きな丸い瞳であたしを見る。その腕に、あたしが置き忘れていたクロッキー帳を抱えていた。

　あたしが「あっ！」と声を上げると、ウサギは背を向けて逃げるように走り出す。

「あたしのクロッキー帳、待って、持って行かないで！」

　あたしはあわてて足を踏み出す。必死に追いかけているのに、ウサギの姿はどんどん遠ざかっていく。階段を上がったところで、すっかり姿を見失ってしまった。

　あたしは息を弾ませながらみんなが騒いでいる廊下を見る。教室ではいろんなイベントをやっているみたいだった。

「お嬢さん、寄っていきませんか？」

「楽しいイベント開催中！」

　チラシを配ったり案内したりしている人たちに、次々に声をかけられる。

「すみません、通してください！」

　焦って言ったけれど、なかなか通してもらえない。あたしは人に押しつぶされそうになり、苦しくなってきた。

「お願い、急いでるの。通して～！」

　泣きそうになった時、誰かに腕をつかまれる。

　グイッと引っ張られたあたしは、よろめきながら人混みからようやく抜け出すことができた。

「大丈夫？　青春」

すぐそばで聞こえた声に、心臓が止まりそうになる。それは、白秋君の声だったから。

振り返ると、白秋君は魔法使いのようなマントを着て、顔を隠すようにフードを目深に被っていた。マントの下に着ているのは、さっきと同じ王子様の衣装だ。

「白秋君！」

あたしは名前を呼んでから、周りを見回した。

「姫咲さんは？　えっと、ベストカップルコンテストに出場するんじゃ……」

「実は……抜け出してきた」

白秋君はフードを少し上げ、「みんなには、俺がここにいること秘密にしといて」と悪戯っぽく笑う。

「うん……っ！」

あたしは緊張している手をギュッと握って、小声で返事をした。

廊下を歩いている女の子たちは、白秋君がいることに気づいていない。見つかればまた、騒ぎになりそうだった。

「青春は、何してんの？」

「あたしは……ええっと、そうだ……クロッキー帳！」

「クロッキー帳？」

「美術室に置いていたクロッキー帳を、ウサギさんが持って行ってしまったから捜してるんだけど……どこに行っちゃったのかな？」

あたしはオロオロして廊下を見回す。みんな仮装をしたり、かぶり物をかぶったりしているから、紛れてしまうとすぐには見つけられない。

「白秋君、見かけなかった？」

いつもなら言葉が詰まってしまってうまく話せないのに、今は焦っているからか、すぐに言葉が出た。

「うーん……それなら、さっき見かけた気がするけど」

「本当⁉　どこに行ったのかわかる？」

「よかったら……一緒に捜そうか？　俺も」

「でも、それだと白秋君が楽しむ時間がなくなっちゃうよ」

「青春と捜しながら、一緒に楽しめばいいよ。それに、一人で退屈していたところだし」

白秋君はそう言って、一歩寄ってくる。

「青春は俺と一緒にいるのは、嫌だったりする？」

真剣な目で顔を覗き込んでくるから、あたしは緊張して大きく首を横に振った。

（嫌なはずなんてないよ……嬉しすぎて、困るんだよ！）

白秋君は「よかった」と、笑っていた。

「うーん……」

白秋君は悩むような声を漏らしながら、大きな鏡の壁に手を触れる。

あたしと白秋君が飛び込んだ場所は、他の教室でやっていた鏡の迷路だ。

映っているのはあたしと白秋君の姿ばかり。鏡の壁に周囲の鏡の壁が映っていて、どこが通路になっているのか、手で探ってみなければわからなかった。

「たぶん、こっち！」

そう言うと、白秋君はあたしを引っ張って進む。けれどすぐに鏡の壁にぶつかってしまい、痛そうに額を押さえていた。

「〜〜〜〜っ!!」

「大丈夫!?」

あたしがわたわたしてきくと、白秋君は痛そうな声を漏らしながら頷いた。

さっきから、同じことを繰り返してばかり。先に歩いてくれる白秋君は何度も鏡におでこをぶつけていた。

「今度はあたしが前を歩くよ！」

「えっ、青春、危な……っ！」

白秋君にばかり痛い思いをさせるわけにはいかない。そう思ったんだけど、勇んで一歩前に進んだあたしは、ゴンッと鏡の壁に当たってしまいふらついた。

（痛ぁ〜〜いっ！）

思わずぶつけた額を押さえ、その場にしゃがむ。

「青春……やると思った……っ！」

白秋君は堪えきれなくなったように、ククククッとお腹を抱えて笑っている。

（恥ずかしいところ見せちゃった……っ！）

これでは、『やっぱり青春は頼りにならない』と思われてしまいそうだ。あたしはすぐに立ち上がった。

「今度は、ちゃんと注意して進むよ」

「じゃあ、二人で出口を探そう。その方が、効率良さそうだし」

あたしと白秋君は、鏡の壁を手で確かめながら通れる場所を探していく。鏡になっていない場所を見つけると、あたしは気をつけながら覗いてみる。

「白秋君。ここ、通路みたい」

振り返って伝えると、白秋君がすぐにやってきて手で確かめる。

「本当だ。行けそうだな。すげーっ、青春。やるじゃん」

白秋君は楽しそうに目を輝かせて言う。

(役に立てた、かな……?)

モジモジしながらも、あたしは嬉しくて頬を緩めた。

「青春のクロッキー帳って、なにが描いてあんの?」

鏡の壁に挟まれた狭い通路を少しずつ進みながら、白秋君が不意にあたしに尋ねる。

「あっ、えっと……絵本を描こうと思って……」

いつか表紙をつけて、完成させたかった。今はまだ、物語を考えながらクロッキー帳に下絵を描いているところだ。

「そういえば、青春って教室でも絵本の絵を描いてたっけ」

立ち止まっていた白秋君は、前を向いてまた先に進む。

あたしにとっては初めて声をかけられた記念の日。白秋君にとってはただの何でもない出来事だから、とっくに忘れてしまっていると思っていた。

「青春の想像力ってすごいよな。あの時描いてた絵も、俺じゃ全然思いつかないような世界だったし。だからさ……絵本作家になればいいのにって」

白秋君はあたしを見て微笑む。

「なれる……かな?」

「青春がなりたいって思うんなら、なれるよ。すごく努力してるだろ。美術部でも頑張ってるし。放課後も絵を描いてる」

（白秋君は、こんなあたしでも……努力してるって、言ってくれるんだね）

やっぱり白秋君は不思議な人だ。白秋君に言われると、あたしもダメじゃないって思える気がした。胸の奥がジーンと熱くなってきて、目が潤みそうになる。

「あたし、絵本作家になりたいの……」

あたしは少し勇気を出して、そう打ち明ける。その夢を話しても、白秋君は笑ったり、否定したりしないって思えたから。

「いつか、あたしの絵本をたくさんの人に読んでもらえたらいいなって思ってるの」

「そっか……すげーいいと思う！　俺も青春の絵本、読んでみたい。どんな物語なのか、興味あるし」

「ど……どんな物語!?」

あたしはドキッとして顔を上げる。

「絵本だから、ストーリーもあるんだろ？　ファンタジーとか、冒険物語とか？」

「あ、あっ、あたしの描いてる物語は……っ」

あたしは両手でポシェットの紐を握りながら、ギュッと目を瞑る。あの絵本の主人公はあたしで、王子様は白秋君がモデルだなんてさすがに話せない。

「青春？」

「なんでもないよ……えっと、できたら……そのうち……見せられるかも？」

あたしは視線を泳がせながら、モゴモゴと答える。

「じゃあ、約束な。絶対、読ませてくれるって」

無邪気な笑顔で言う白秋君に、あたしは困ったように頷いた。

いつか、何もかも打ち明けられたらいいのに。

心にしまっている想いも、物語のことも。

（告白したあたしに、『俺も』って笑ってくれたら……）

　ぼんやりと想像しながら歩いていたあたしの耳に——。

『無理に決まってるじゃない』

　そう、笑うような声が聞こえた気がした。

　そばの鏡を見ると、表面が水のように揺らいでいる。そこに映るあたしの姿が消えると、かわりに見知らぬ女の子が映し出されていた。

　黒いドレスの上に赤いガウンを羽織って、ハートの飾りがついた王冠を頭に載せた、トランプのハートの女王様の恰好の女の子だった。

驚いて目を見開いているあたしを、『バカね』と笑うみたいに鏡の中から見つめている。

『臆病で、かわいそうなアリス——夢ばかり見ている』

あたしが恐る恐る鏡に触れると、女の子も同じように鏡に手を触れていた。それから少しだけ寄ってきて、クスクスと笑う。

『告白する勇気なんて、あなたにはないでしょう？　妄想に浸って満足しているくせに。そんなあなたに、誰かに嫉妬する資格なんてあるのかしら？』

心の奥底を覗き込むように、赤いルビーみたいな瞳が見つめてくる。

『なんで、青春さんに？　青春さん、数学苦手でしょ……』

数学の授業の後、姫咲さんが白秋君に話しかけていた時のことが頭に浮かんできて、鏡に触れたままあたしはゆっくりとうつむいた。

（そうだよ、本当のあたしは……誰かと比べてばかりで……羨ましくて……でも、どんなに頑張っても他のみんなのようになれなくて……）

――頑張っても？

あたしは自分の足もとの影をジッと見つめる。

最初から、諦めてばかりいるくせに。他の人みたいにできるはずないって、やろうとしないくせに。

『私は弱いあなたが嫌い。あなたが私を嫌いなように』

囁くような声が耳をかすめる。

鏡を見ると、そこにはもう、さっきの女の子は映っていなくて、不安な瞳で見つめているあたしだけが映っていた。

「青春？　どうしたんだ？」

白秋君が振り返って、立ち止まったままでいるあたしを不思議そうに見る。

「ううん……なんでもないよ」

我に返って、首を横に振った。そして、もう鏡を見ないようにしながら、白秋君のもとに急ぐ。

カチ、カチ、カチと、壁の時計が音を鳴らす。

教室の中は赤や白のバラのアーチが飾られていて、庭園のようになっていた。

あたしと白秋君は白いクロスが敷かれた丸いテーブルに向かい合って座っている。

他にもテーブルと椅子がいくつか置かれているけれど、誰も座っていなかった。

「お茶会にようこそ、アリス！」

銀色のワゴンを押しながらやってきたのは、執事の服を着た夜雨ちゃんだ。

「アリスちゃん、いらっしゃい」

メイドさんのエプロンドレスを着た淡雪ちゃんも一緒にいる。

「夜雨ちゃん、淡雪ちゃん。二人とも素敵だね！」

あたしは二人を見て、驚きの声を上げた。二人が忙しそうに教室を出て行ったのは、このお茶会の準備をするためだったみたいだ。

「今日のお菓子は、紅茶のマドレーヌとカヌレ、それにアイスボックスクッキーだよ！」

夜雨ちゃんがお菓子のお皿をテーブルに並べる。その横で、淡雪ちゃんが紅茶をポットからカップに注いでいた。

「今日の紅茶は春摘みのダージリンティーだよ」

淡雪ちゃんがあたしの前に置いたカップから、紅茶のいい香りがする。

「ありがとう、夜雨ちゃん、淡雪ちゃん。お菓子も紅茶もおいしそう」

「アリス、頑張りなよ〜」

「応援してるよ、アリスちゃん」

二人にこっそり耳打ちされたあたしは、赤くなってうろたえた。二人とも、あたしと白秋君が一緒に教室に入ってきたから、何か勘違いしているみたい。

あたしたちはウサギを捜して、この教室に立ち寄っただけなのに。

「それでは、ごゆっくりお過ごしください」

夜雨ちゃんと淡雪ちゃんは、優雅に一礼して席を離れる。その姿はすぐに見えなくなって、あたしは白秋君と二人きりになる。

「せっかくだし、ちょっと休憩させてもらう？」

白秋君にきかれたあたしは、緊張気味に頷いた。クラスのみんなはどこにいったんだろうと、あたしはキョロキョロする。

「すげーうまそうなお菓子。いただきますっ！」

白秋君はマドレーヌをつまんで、おいしそうに頰張っていた。

「夜雨ちゃんの手作りのお菓子だよ」

あたしも「いただきます」と、クッキーを一つ摘まんで口に運ぶ。

いつも通り、夜雨ちゃんのお菓子はおいしくて笑みがこぼれる。

「朱夏ってお菓子作りうまいんだ。知らなかった」

紅茶のカップを取って一口すると、「この紅茶もおいしいな」と呟いていた。

「部活の時も、夜雨ちゃんが手作りのお菓子を持ってきてくれて、淡雪ちゃんがいろんなお茶をいれてくれるの。お茶会をするのが楽しみなんだよ」

あたしはつい嬉しくなって話した。

「青春の入ってる美術部って、楽しそうでいいな」

「すごく楽しいよ。先輩も優しいし、一年生も一生懸命でかわいいし」

「青春って、中学の時も美術部？」

「うん……」

中学の時のあたしは、一人でいることが多かった。同じ美術部だった人とも話が合わなくて、おしゃべりに加わらないで絵を描いていることが多かった。

だから、高校に入った時、美術部に入るのをためらっていたんだけど。

そんなあたしに、『一緒に入らない？』と声をかけてくれたのが夜雨ちゃんと淡雪ちゃんだ。あたしが美術部で充実した毎日を送れるのは、二人のおかげだ。

「白秋君は……？」

「俺？」

紅茶を飲もうとしていた白秋君が、カップを少し下げてあたしを見る。

「うん」

中学の頃の白秋君はどうだったんだろう。

「俺は中学の時もバスケ部だったよ。でも、部の仲間とうまくいかなくて……ケンカして、ちょっと部活に出なかった時もあったかな」

「白秋君みたいに、人気者でも？」

あたしは目を丸くして聞きかえした。白秋君は誰とでも仲がよくて、人とケンカしているところなんて想像できなかったから。

「俺、そんなに人気者じゃないって。嫌われることだってあるし」

白秋君はカップを持ったまま、「青春にはそんなふうに思われてたんだ」と楽しそうに笑う。

「うん、だって……」

二年生になってからの白秋君しか知らないけれど、今のクラスでは嫌っている人なんていないだろう。

「バスケ部の試合の時も、みんな白秋君を応援してたから」

「青春、観に来てくれてたんだ。試合」

頬杖をついた白秋君は、目を細めてあたしを見る。

「夜雨ちゃんと、淡雪ちゃんも一緒だったよ。二人が誘ってくれたから」

「よかった。かっこ悪い試合じゃなくてさ」

「かっ…………!!」

あたしは言いかけた言葉を、あわてて紅茶と一緒に飲み込んだ。

白秋君は「か？」と、首を傾げる。

「勝ったから、すごいなって……」

あたしはヘラッと笑ってごまかした。頬が赤くなってしまう。

すごくかっこよくて、本当はもっと試合を観ていたかった。

「最後のシュートは、よく入ったなって俺も思うよ。本当はさ……焦ってたし、ちょっと無理な体勢だったから外すかもって思ったんだ」

白秋君は「秘密な」と、唇に人差し指を当てた。

「白秋君はほんとうに、バスケが好きだね」

「もちろん、好き！」

真っ直ぐにあたしを見て、白秋君は屈託なく笑う。

あたしの心臓の音が、トクトク、トクトクと鳴る。

（言わないの……？）

『無理に決まってるじゃない』

飲みかけの紅茶に映るあたしが、自嘲するように唇に笑みを作る。少し傾けたカップを、迷うように揺らす。

（言えない……）

言えないよ――。

伝えたい気持ちは、言葉にできないまま逃げていく。

あのウサギみたいに。

そして、時間切れを知らせるように、チャイムが鳴った。

3

教室のドアを開くと、廊下には誰もいなかった。

いつの間にか風船やテープの飾りも片づけられていて、薄暗い廊下に蛍光灯の灯りが点いている。

外は真っ暗で、窓ガラスに廊下が鏡のように映っていた。それが、なんだか少し鏡の迷路を思わせる。

向こうの廊下を横切った水色の風船を見て、「あっ!」と声を上げる。

あたしがもらった水色の風船だ。そういえば、いつの間にか手を離してしまったようで、なくしてしまっていた。

それが階段のほうに消えていくのを見て、あたしと白秋君は同時に駆け出す。

風船を手に一階へと下りていくのは、あのウサギのかぶり物をかぶった人だった。

「待って〜!」

手を伸ばしながらあたしが呼び止めると、ウサギは廊下の途中で急に立ち止まる。あたしのクロッキー帳は、その腕の中だ。

ウサギは追ってくるあたしたちを見ると、またすぐに前を向いて走り出す。一階の廊下には灯りが点いていなくて、その姿はすぐに暗闇の向こうに消えてしまった。

生徒のみんなもいないから静かで、あたしたちの足音だけが響いている。

「俺、あいつを追いかけるから、青春はそっちの廊下を回って！」

白秋君が職員室や保健室のある廊下を指さす。

校舎は中庭をぐるっと囲むような形になっているから、あたしが職員室や保健室のある廊下のほうから回れば、途中で合流できる。

ウサギを挟み撃ちにする作戦みたいだった。

「うんっ、やってみるよ！」

「そっちは任せた！」

白い歯を見せて笑った白秋君は、「待てーっ！」とウサギを追いかけていく。

「頑張らなきゃっ！」

あたしはその場で足踏みしてから、走り出した。

早く、追いつかなきゃ——。

真っ暗だった廊下の蛍光灯が点滅して灯る。

中庭を挟んだ向こうの廊下を、ウサギと白秋君が走っているのが窓ガラス越しに見えた。

あたしは運動も苦手で足も遅い。運動会でもゴールに辿り着くのはいつも最後のほうだった。

(でも、苦手なんて言ってられないよ!)

よろめきそうになりながら、あたしは必死に足を前に出す。廊下を走り抜け、角を曲がれば階段の手前で白秋君と合流できる。

窓ガラスを見ると、向こうの廊下で白秋君とウサギがつかみ合っていた。

「白秋君っ!!」

あたしは廊下の角を曲がり、息を弾ませながら大きな声で呼ぶ。

ウサギの手からクロッキー帳を奪い取ろうとしていた白秋君は、乱暴に突き飛ばされて転倒していた。

覆い被さったウサギが、白秋君の顔を手で押さえつける。

挟み撃ち作戦なのに、あたしが遅いから――。

白秋君は腕でなんとかウサギの大きな体を押しのけようとしていたけれど、簡単にはいかないようだった。

助けなきゃと、焦るあたしの心拍数が上がる。

「ウサギさん、白秋君から離れてっ!」

ピタッと動きを止めたウサギが、ゆっくりとこちらを向いた。あたしに気を取られている間に、白秋君がウサギの脚を思いっきり蹴りつける。

ウサギがバランスを崩して倒れると、白秋君はすぐさま立ち上がってクロッキー帳に手を伸ばしていた。

「青春！」

体当たりしてくるウサギをかわして、白秋君は投げる体勢になる。

あたしは慌てて飛び出し、受け取ろうと両手を出した。高く放り投げられたクロッキー帳を、「えいっ！」とジャンプして受け取る。

白秋君はウサギの前に立ち塞がると、腕でその体を押しながら振り返った。

その口が、『に・げ・ろ』とはっきりと動く。あたしはオロオロしながらも頷き、後退りして足の向きを変えた。

ウサギが狙っているのは、あたしのクロッキー帳だ。

（逃げなきゃ……急いで……逃げなきゃ）

必死に走りながらも、白秋君のことが心配で振り返る。ウサギは邪魔をするなとばかりに、白秋君の胸ぐらをつかんでいた。その体を持ち上げ、放り投げようとする。

(白秋君っ！　どうしよう……でも……あたしじゃ……)

『いつまで逃げるの？　弱虫さん』

そう、あの鏡に映っていた女の子の声がした。

足が一歩も動かなくなって、あたしは困惑したように下を向く。膝が小さく震えていた。

(怖い。怖いよ。でも、自分だけ逃げるの？)

白秋君は戦っているのに。あたしのクロッキー帳を守るために。あたしを逃がすために。

(ダメだよ……そんなの……)

あたしはギュッと目を瞑ってから、顔を上げた。

「ダメダメだよ……っ!!」

勇気を奮い立たせて呟くと、すぐに踵を返して走り出す。

廊下の角を曲がると、ウサギが倒れた白秋君を押さえつけようとしていた。

白秋君は両腕でその体を押しながら、抵抗している。

「ウサギさん、クロッキー帳はここだよっ！」

あたしがクロッキー帳を高く掲げると、ウサギはゆっくりと振り返る。

「青春……戻ってくるなっ！」

白秋君が起き上がって、焦ったように叫んだ。

（あたしが助けなきゃ……っ！）

持っているものは、クロッキー帳くらい。走りながら、肩からかけているポシェットの中を探る。中に入っているのはキノコの刺繍が入っているハンカチに、カラーペンが数本。

それから、それから――。

ポシェットのポケットを開いて、中に入っていたものを取り出す。

「トランプ⁉」

ウサギが立ち上がりあたしのほうにやってこようとするのを、「行かせるか！」と白秋君は脚をつかんで阻んでいた。

あたしは「白秋君！」と名前を呼びながら、「えいっ！」と手に持っていたトランプをウサギに向かって投げつけた。

これじゃ、少しも効果なんてないけれど――。

そう思っていると、パッと散ったカードがトランプ兵に姿を変えて一列に整列する。

あたしも白秋君もびっくりして、思わずお互いの顔を見た。

「えええぇ～っ⁉　トランプちゃん⁉」

呆気に取られている間に、トランプ兵たちは腕を組んで壁を作りウサギに体当たりする。

トランプ兵に弾き飛ばされたウサギが、廊下にゴロンと転がった。

トランプ兵たちは、足並みを揃えて前進すると、ウサギに次々に飛びかかっていく。

「今のうちだ、青春！」

「うん……っ！」

立ち上がった白秋君が、「行こう！」とあたしの手を取る。

びっくりして思わずその顔を見てから、あたしは前を向いて走り出した。

パンッと風船の弾けるような大きな音が聞こえて振り返ると、ウサギの姿が消えてトランプが宙に舞っているのが見えた。

(トランプちゃんたちが助けてくれたんだ……！)

美術室のある廊下まで辿り着いたところで、あたしも白秋君も足を止めて息を吐く。

「青春、大丈夫……？」

汗を拭いながら、白秋君が心配そうな目であたしの顔を覗き込んでいた。

「うん……それより、白秋君は!?」

バスケ部の練習や試合があるのに、怪我をすれば一大事だ。

「俺は全然平気」

白秋君は「ほら」と、自分の腕をまわしていた。大丈夫そうなその様子に、あたしはホッとする。

「でも……驚いたな」

「あたしもだよ。あのウサギもトランプちゃんたちも……不思議なことばかり起こるから」

「それも驚いたけど……青春が思ってたよりずっと勇敢だったからさ」

白秋君はあたしから手を離すと、フッと目を細める。

「そんなことないよ！」

勇気を出せたのは、白秋君がいてくれたおかげだ。それに、白秋君はバスケの試合でも、最後まで勝つことを諦めなかったから。あたしもそんなふうになりたくて頑張ろうと思えた。

あたしは上目づかいに、チラッと白秋君を見る。

「少しくらいは……役に立てたかな？」

「すっげー、役に立った！」

白秋君はニカッと笑って、そう言ってくれた。

キュンッとして、あたしは思わず息を止める。

胸を手で押さえると、ドキドキしているのが伝わってくる。顔も熱くて汗が滲んでいた。

「えっと……それなら……よかったです」

あたしはクロッキー帳を両腕で抱え、モジモジして小さな声で答えた。

「俺はあんまり、役に立たなかった気がするけど。青春に助けられてばっかりだしさ」

「あたしこそ、白秋君に助けられてるよ。すごくか……」

あたしは言いかけた言葉を、慌てて飲み込んだ。

白秋君が「か？」と、楽しそうに聞き返してくる。

「か……活躍してたよ！」

本当はかっこよかったって言いたかったけど、やっぱり言えないよ。

あたしは赤面してギュッと唇を結んだ。

「青春もさ……強かったよ」

白秋君はあたしを見つめて、真剣な声で言ってくれた。

あたしは驚いてその顔を見る。

「それはきっと……」

これが〝夢〟の中だからだ――。
トランプちゃんたちが現れた時に気づいた。こんなこと、普通には起こらない。

Sketch Book

ここにいるあたしは、夢を見ているあたし。

絵本の中と同じ、空想の物語の世界にいる。

心にジワッと切なさが込み上げてきて、潤んだ目を下に向けた。

現実のあたしはもっと弱くて、臆病で、こんな風に白秋君と話をすることもできないから。


「これが夢でも現実でもさ。青春は青春だろ？」

白秋君の言葉に、あたしはゆっくりと視線を戻す。

「変わんないよ。夢でも強くなれたんなら、きっと現実でも強くなれるんだ。だから……」

忘れないで――。

〝君〟の中にはちゃんと、『勇気』があるってことを。

白秋君はあたしを見つめたまま微笑む。

「もう、戻る時間だ。行きなよ、青春」

いつの間にか、チャイムが鳴っていた。

終わりを告げるチャイムの音――。

あたしは「うん……」と、後ろに一歩下がってから、クルッと足の向きを変えて駆け出す。

現実のあたしは、学校になんていない。

部屋でクロッキー帳を開き、絵本の物語を考えながらうたた寝していた。

これは、その間に見た、不思議なただの〝夢〟。

あたしの妄想の世界。

王子様の白秋君も、現実の白秋君じゃない。

これが現実だったら、きっと普通に話をすることなんてできなかった。手を引っ張られて校舎の中を巡ったりすることも。

ほんの少しの間だったけど、あたしも物語の主人公になれた気がした。

あたしは走りながら、ドキドキしている自分の胸に手を当てる。

忘れないよ――。

廊下の壁の大きな鏡が、青白く光っていた。

「出口はあそこかも……！」

あたしは鏡の前まで行くと、立ち止まって一息吐く。

(戻らなきゃ……現実の世界に)

恐る恐る鏡に手を触れる。その時だ――。

『ダメよ。通してあげない』

鏡の中から声がして、あたしの姿の代わりにあの黒いドレスを着た女の子が映る。

その子はあたしと同じように鏡に手を触れながら、高慢な少し見下すみたいな笑みを浮かべていた。

「どうして？　あたし、早く帰らなきゃ……」

『あら、どうして？』

鏡の中の女の子は、不思議そうに首を傾げる。

「明日は学校があるから……また遅刻しちゃうよ！」

『いいじゃない。そんなことべつに……』

あたしは「よくないよ！」と、首を横に振る。

『でも、戻ってしまったら、あの王子様に見向きもしてもらえないのよ？　それでもいいの？』

鏡の中のその子は、『ずっと、こちらの世界にいればいいのに』と心を見透かすみたいに微笑を浮かべて囁いてくる。

『そうすれば、こちらの世界の王子様とずっと一緒にいられるわ』

「でも、それは本当の白秋君じゃないよ……」

『同じじゃない。あなたが望む、あなたの王子様でしょう？』

「ダメだよ……」

あたしは呟いて俯く。

こちらの世界で白秋君が向けてくれた笑顔を思い出すと、また会いたくて胸が苦しくなる。

引き返せば、白秋君はまだあそこで待っていてくれているかもしれない。そんなことを考えそうになって、あたしは鏡に手を触れたまま目を瞑った。

「でも、戻らなきゃ……」

戻る勇気を持たなきゃ――。

『ねぇ、私があなたの願いを全部、叶えてあげましょうか？　あなたが望むことをなんでも……私に不可能なことなんて一つもないの。逆らう者は一人だっていないわ。だって、私は……』

この世界の女王様。物語の支配者なんだから──。

『あなたのかわりに、私が物語を完成させてあげる。あなたを物語の主人公でいさせてあげる。だから、さあ……その絵本を私に渡しなさい。その絵本があれば、どんな物語も思いのままにできる。あなたがその絵本を持っていると、また悪いウサギに狙われてしまうわよ？』

鏡の中の女の子は、意地悪く笑っている。

「あなたじゃなかったの……？　ウサギさんに命令していたのは」

あたしは戸惑ってそう尋ねた。

彼女は『さあ、どうかしら？』とはぐらかすように答えた。

『この物語の中の誰もが、あなたのその絵本を狙っているもの。それはこの世界の〝鍵〟だから。それを持つ資格があるのは、たった一人。でも、それはあなたではない。あなたは相応しくないもの。だって、あなたは強くないから』

頭の中に女の子の声が響いて、クラクラしてくる。

渡してはダメと、あたしは頭を横に振った。

逃げてばかりで、弱くて、絵本の主人公には少しも相応しくないのかもしれない。

（それでも、あたしが絵本の物語を完成させなきゃ……）

他の誰かじゃない。あたしが主人公の、あたしの物語だから。

「あたしを元の世界に帰して」

あたしは大きな声を上げ、鏡を真っ直ぐに見る。

「そこを退いて！」

あたしが強い口調で命令すると、鏡の中の女の子は意表を突かれたような顔になっていた。

鏡に向かって「えいっ！」と、体当たりする。

それでも通れなくて、「お願い、鏡さん！」と念じながらもう一度体当たりした。

『かわいそうなアリス。臆病で、キノコみたいに隅っこのほうでジッとしているだけ。誰かが見つけてくれないかなって、ずっと待っている。でも期待しても無駄よ。誰もあなたになんて目もくれない。あの王子様だってそう。ただ、憐れんでいるだけ。ねえ、そんなつまらない現実なんて、捨ててしまいなさいよ。あなたがいくら努力しても、何も変わらないわ』

あたしは後ろに下がると、鏡の女の子と向き合う。

「変われなくても……変わることを諦めたくない。だって、諦めたらずっと嫌いな自分のままだよ」

『そう……残念ね。でも、あなたは必ず、私のもとに戻ってくる。だって、あなたは私を必要としているんだもの。私があなたを必要とするように』

（鏡よ、鏡。元の世界に、戻したまえ！）

心の中で強く唱えると、鏡全体が金色の光に包まれる。

恐る恐る表面に触れてみると、指先がスッと入った。あたしは「えいっ！」と、思い切って鏡の中に飛び込む。

驚いている女の子とあたしの手が合わさり、そのまま光の渦の中に一緒に落ちていった。

『かわいい私のアリス、かわいそうな私のアリス……』

眠りに落ちていくように、ぼんやりとするあたしの耳に彼女の囁く声が聞こえる。

『あなたと私は、二人で一人……同じ私だから』

いつかまた、〝絵本の世界〟で――。

目覚まし時計の音に起こされて、あたしはゆっくりと目を開く。

「あれ……？」

霞んでいる目をこすって見回すと、見慣れた部屋の中だった。いつの間にか、机に突っ伏してうたた寝していたみたいだ。

リンリンと鳴り続けている机の上の目覚まし時計に手を伸ばして、スイッチを切る。

お気に入りのウサギさんの時計は、ちょうど深夜零時になったところだった。

どうして、こんな時間に目覚まし時計が鳴ったんだろうと、あたしは目をこすりながら考える。

「やっぱり、ちょっと調子が悪いのかなぁ……」

あたしは朝起きる時間より少し早めにセットし直して、時計を机の上に戻した。

不思議な夢だった――。

あたしは下絵の描かれているクロッキー帳のページを見る。

物語の中の主人公になっても、やっぱりあたしはあたしで、臆病なまま。

気持ちを伝える勇気は出せなかった。

　でも――。

『夢でも現実でもさ。青春は青春だろ？』

『変わんないよ。夢でも強くなれたんなら、きっと現実でも強くなれるんだ……』

　夢の中の白秋君は、そう言ってくれた。

　もし、自分の中にちゃんと勇気があることを信じられたら。もう少しだけ、現実のあたしも強くなれる気がする。

　あたしはクロッキー帳を閉じ、「ん～っ！」と腕をいっぱいに伸ばして立ち上がった。

（頑張らなきゃ……っ！）

　明日は、きっとできるから――。

エピローグ

朝、いつもより早起きをして家を出ると、雨になっていた。

あたしは通学路の途中でそわそわしながら白秋君がやってくるのを待つ。

（今日は、あたしからおはようって言おう……）

大丈夫。ちゃんと、勇気を出して言えると傘の柄を強く握りながら深呼吸する。

紺色の傘を差した白秋君が、「ふわ〜」と眠そうに欠伸をしながらやってくる。他にも生徒たちが歩いているから、あたしに気づかないで通り過ぎようとしていた。

（白秋君……っ！）

声をかけようとしたけれど、緊張と焦りのせいでうまく声が出ない。

あたしは咄嗟に、白秋君のシャツに手を伸ばした。クイッと引っ張ると、白秋君が足を止めて振り返る。

「えっ、青春……？」

白秋君はあたしだと思わなかったみたいで、少し驚いたような声になっていた。

「あの……えっと……その……」

あたしは急いで手を離し、視線を泳がせる。

それから、「おはよう！」と思い切って挨拶した。

（よかった、ちゃんと言えた……！）

あたしはいつもよりはっきりした声で言えたことに、ホッとする。

白秋君はマジマジとあたしを見ていたけれど、横を向いてクッと笑うような声を漏らす。

目尻が下がっていた。

「うん、おはよう。青春」

白秋君は顔を正面に戻し、真っ直ぐにあたしを見て挨拶を返してくれた。

たったそれだけで、雨模様の空が急に晴れて青空に変わるみたいに、あたしの心の中にもパッと光が差して明るくなる。

「なんか、嬉しいことでもあった？」

歩きながら、白秋君があたしを見て聞いてきた。

「うん、あったよ……」

あたしは相変わらずモジモジしながら、小さな声でそう答える。

「どんなこと？」

「えっ！　それは……えっと……」

白秋君に挨拶できたことだよと、あたしは心の中で答えた。代わりに顔がジワーッと熱くなる。

「秘密なんだ」

あまり深く追及せず、白秋君は笑って受け流してくれる。

「……白秋君は……なにか嬉しいこと、あった？」

「ん——……不思議な夢、見たことくらいかな」

「どんな夢？」

「それが、青春がさ……」

言いさして、白秋君はあたしの顔をジッと見る。

それから、「やっぱ、俺も秘密」と唇に人差し指を当てて笑った。

あたしはドキッとして瞬きする。その笑顔は、昨日の夢で白秋君が見せてくれたものと同じだったから。

昨日のことが夢ではないような気もして——。

（でも、やっぱり……夢だよね……）

白秋君は自分の腕時計に目をやると、「うわっ、遅れる」と焦った声を上げる。ＨＲの時間が迫っていた。

登校してきた生徒のみんなが、校門を急ぎ足で通り抜けるのが見える。

「急ごう、青春」

「あっ、待って〜っ！」

駆け出した白秋君の後を、あたしは傘をたたみながら急いで追いかけた。

小降りになっていた雨も、もうすっかり止んで青空に変わり、水たまりが鏡のようにその空を映していた。

『あるところに、初恋をしたちょっと臆病な少女がいました——』

その日から、少女はずっと彼を追いかけている。

好きの言葉を伝えたくて。

自信をなくしたり、落ち込んだりもしながら。

弱くてダメな自分と闘って。

それでも、告白する勇気は、必ず心の中にあると信じているから。

迷って、迷って。進め。

——『迷宮』へ。

【エピローグ】

「ヤハリ、ニンゲンノ　シンリトハ　ワタシニハ　リカイシガタイ　モノデスネ……デスガ、ヒトツ　リカイシマシタ」

「ニンゲンハ　マモルベキモノガ　アルカラ　タタカウノダト……ワタシニトッテ、コノセカイガ　ホシュタイショウデ　アルヨウニ……コレハ　キョウミブカイ　データヲ　シュウシュウ　スルコトガデキマシタ」

「カレラガ、コノセカイデ　ドレダケソノ　ノウリョクヲ　ハッキ　デキルノカ」

「モニタリングヲ　ツヅケマショウ……イズレカレラガ、〝ヒーロー〟ト　ナリエルモノデアルカドウカ」

「……カピッ、アラタナ　シンニュウシャガ　アラワレタヨウ　デスネ……ワタシタチモ

タタカワナケレバ　ナラナイヨウデス」

「ソレガ、ワタシニ　アタエラレタ　シメイダカラ」

ワタシハ　コノセカイヲ　マモルタメニ　ウミダサレタ〝Ｖｏｉｄｏｌｌ〟。

セントウ　セツリ　カイセキシステム『#コンパス』ノセカイニ、ヨウコソ。

『セントウヲ　カイシ　シマス――』

あとがき

皆様、『#コンパス　ヒーロー観察記録』をお手に取っていただき、ありがとうございます。ノベライズ版を書かせていただきました香坂茉里と申します。

この本は、ゲームキャラクターである、『マルコス'55』君、『狐ヶ咲甘色』ちゃん、『青春アリス』ちゃんの三人が『#コンパス』の世界に来る前の、それぞれの日常のストーリーを短編としてまとめたものです。

三人とも、かっこよかったり、かわいかったりと本当に魅力的なキャラクターで、私も書いているのがとても楽しかったです。

三人とも、それぞれ葛藤や悩みを胸に抱えていたり、過去があったりと、色々な側面を見せてくれました。ゲーム内で活躍する三人のように、小説内でも頑張る姿を、応援してもらえたら嬉しいです。

その上で、よりいっそうキャラクターを好きになったと感じていただければ幸いです。

今回のノベライズのため、多くの関係者の方々にご協力いただきましたことを、心より感謝申し上げます。

また、素敵なイラストを描いてくださった、桐谷様、たま様、藤ちょこ様、本当にありがとうございました。

それでは、この『♯コンパス ヒーロー観察記録』が皆様の心に残る一冊となることを願って。

香坂茉里

イラストレーターコメント

『#コンパス ヒーロー観察記録』発売おめでとうございます！

今まで謎も多かった“ハイスペックニート”であるマルコスのお話、交友関係などが書かれることにより、沢山新しい発見があり、さらに深みが増して！

読めば読むほど、マルコスのことが好きになりました。

みなさんも同じ感情になっていただけたら嬉しいです！

マルコスにとって「魔法少女リリカルルカ」の存在が本当に大きいんだなぁと改めて思いました。

ありがとうございました！

『#コンパス ヒーロー観察記録』発売おめでとうございます！

甘色のかっこいいところ、かわいいところ、たくさん詰まったストーリーになっているので、これを読んでさらに甘色のことを好きになってほしいなと思いました。

桃色お姉さまの強キャラ感、夢色ちゃんの生意気可愛い感じも良かったですね！

狐ヶ咲三姉妹の絡みを見ることができたのが今回一番嬉しかったかもしれないです。

3人に甘味をたくさん食べさせてあげたい…！（ババ様ごめんね）

『#コンパス ヒーロー観察記録』発売おめでとうございます！

小説になることでゲームに出てこないキャラクターたちもたくさん喋っているのでアリスちゃん以外のキャラクターたちももっと知ることができて、更に好きになっていきました。

読んだ方もそう思って頂けたらうれしいです。

青春アリスのお話は、読んだ後背中を押してもらえるような、がんばろうって思えるようなお話です。

文字通りドキドキわくわくするお話です！

「#コンパス ヒーロー観察記録」の感想をお寄せください。
おたよりのあて先
〒102-8177 東京都千代田区富士見2-13-3
株式会社KADOKAWA 角川ビーンズ文庫編集部気付
「香坂茉里」先生・「桐谷」先生・「たま」先生・「藤ちょこ」先生
また、編集部へのご意見ご希望は、同じ住所で「ビーンズ文庫編集部」
までお寄せください。

#コンパス ヒーロー観察記録

著/香坂茉里

原案・監修/#コンパス 戦闘摂理解析システム

角川ビーンズ文庫 23882

令和5年12月1日 初版発行

発行者——山下直久
発 行——株式会社KADOKAWA
〒102-8177 東京都千代田区富士見2-13-3
電話 0570-002-301(ナビダイヤル)
印刷所——株式会社暁印刷
製本所——本間製本株式会社
装幀者——micro fish

●お問い合わせ
https://www.kadokawa.co.jp/ (「お問い合わせ」へお進みください)
※内容によっては、お答えできない場合があります。
※サポートは日本国内のみとさせていただきます。
※Japanese text only

ISBN978-4-04-113459-7 C0193 定価はカバーに表示してあります。 ◇◇◇

シリアルコード

『#コンパス～戦闘摂理解析システム～』の
ゲーム内でヒーロー『マルコス'55』『狐ヶ咲甘色』
『青春アリス』のうち1人を選んで手に入れよう！

【有効期限】2023年12月1日～2026年11月30日23:59

コード TANPEN_NOVEL

※かならず半角英字（大文字）で入力してください。

獲得アイテム：ヒーロー『マルコス'55』
『狐ヶ咲甘色』
『青春アリス』のうち1人

入力サイトはこちら

https://app.nhn-playart.com/compass/serial.nhn

シリアルコード入力手順

①「#コンパス」を起動後、
ゲーム内　設定▶その他　にある
お問い合わせより
「お問い合わせ番号」をコピー。

②上にあるQRコードもしくはURLから、
シリアルコード入力サイトにアクセス。

③お問い合わせ番号をペーストし、
「キャンペーンの種類」から
『ノベル「#コンパス ヒーロー観察記録」』
を選択。

④シリアルコードを入力し、
「受け取り」をタップすると、
ゲーム内でアイテムが支給されます。

〈注意事項〉

●本特典の受け取りには『#コンパス～戦闘摂理解析システム～』のインストールが必要です。最新のアップデートを適用のうえご利用ください。●本シリアルコードの使用は1アカウントにつき1回のみ有効です。かならず通信状態がよい場所で入力してください。●ダウンロードに際し発生する通信料などは、お客様のご負担となります。●本特典の仕様は予告なく変更になる場合があります。●期限内でもシリアルコードの入力受付を終了する場合があります。●ご自身の過失による本特典の紛失、盗難、破損での再発行、返品、返金等には応じかねます。●本シリアルコードの第三者への配布や、譲渡・転売・オークションへの出品は固くお断りいたします。

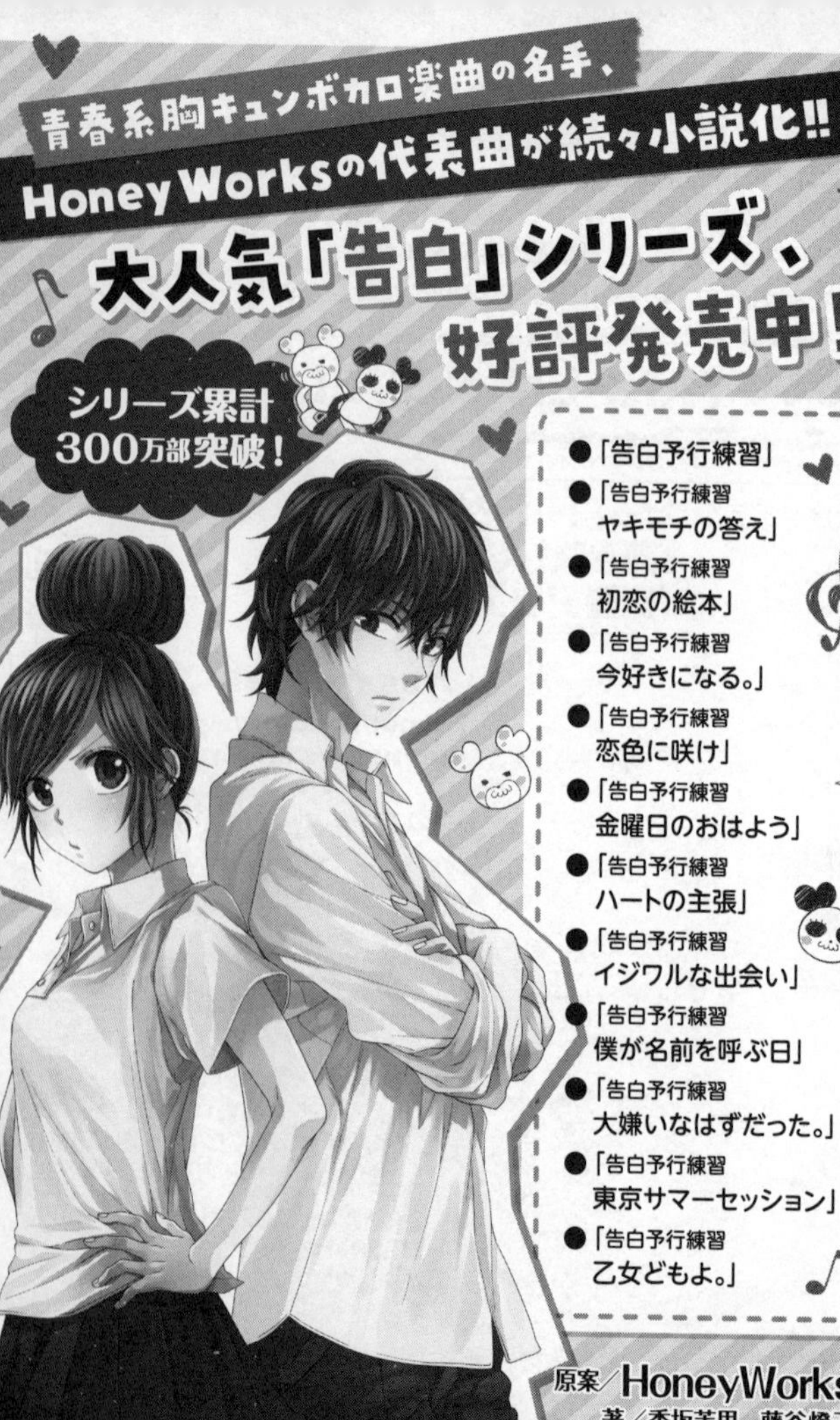

青春系胸キュンボカロ楽曲の名手、
HoneyWorksの代表曲が続々小説化!!
大人気「告白」シリーズ、
好評発売中！
シリーズ累計
300万部突破！
●「告白予行練習」
●「告白予行練習
ヤキモチの答え」
●「告白予行練習
初恋の絵本」
●「告白予行練習
今好きになる。」
●「告白予行練習
恋色に咲け」
●「告白予行練習
金曜日のおはよう」
●「告白予行練習
ハートの主張」
●「告白予行練習
イジワルな出会い」
●「告白予行練習
僕が名前を呼ぶ日」
●「告白予行練習
大嫌いなはずだった。」
●「告白予行練習
東京サマーセッション」
●「告白予行練習
乙女どもよ。」
原案／HoneyWorks
著／香坂茉里、藤谷燈子
イラスト／ヤマコ、島陰涙亜

ロミオとシンデレラ
原案／doriko
著／西本紘奈
イラスト／nezuki
伝説入りのボカロ恋愛ソング、
ファン待望の小説化!!
クリプトン・フューチャー・メディア公認
未紅は、女の子らしいことが大の苦手な高校2年生。
以前、電車で助けてくれた学校の王子様・蒼真くんに密かに憧れているけど、
気持ちを伝えられないまま。しかしバレンタインの翌日、突然彼から告白されて!?
好評発売中『ロミオとシンデレラ 前編～ジュリエット編～/後編～シンデレラ編～』
ill. by nezuki © Crypton Future Media, INC. www.piapro.net piapro

シリーズ
好評発売中!
「やり直し令嬢は竜帝陛下を攻略中」
WEBで話題!
人生2周目は10歳の
竜妃サマ!?
しかも敵だった陛下に
求婚してました
永瀬さらさ
イラスト 藤未都也
婚約破棄された王太子と出会った場に、時間が戻った令嬢・ジル。破滅ルート回避のためとっさに求婚した相手は闇落ち予定の皇帝ハディス!?　だが城でおいしいご飯を作ってもらい——決めた。人生やり直し、彼を幸せにします!

●角川ビーンズ文庫●

天然ひきこもり令嬢×天才やり手魔術師の
痛快ラブファンタジー!

著/春乃春海 イラスト/vient

魔力の少ない落ちこぼれのメラニーは一方的に婚約を破棄され、屋敷の書庫にこもっていた。だが国一番の宮廷魔術師・クインに秘めた才能——古代語が読めることを知られると、彼の婚約者(弟子)として引き取られ!?

幼馴染みの聖女に『無能神』と呼ばれる醜い神様との結婚を押し付けられた、伯爵令嬢のエレノア。……のはずだけど『無能』じゃないし、他の神々は皆、神様を敬っているのですが？
WEB発・大注目の逆境シンデレラ！

シリーズ好評発売中！

●角川ビーンズ文庫●

傲慢と悪名高い伯爵令嬢・エレナは、婚約者・オスカーに破談を告げられた直後、不慮の事故で記憶を失ってしまう。婚約者として過ごす最後の10日間、ふたりは初めて、お互いの内面を知り、向き合っていくが——。

・・◆好評発売中！◆・・

●角川ビーンズ文庫●